CB035384

Cimbeline, Rei da Britânia

William Shakespeare

CIMBELINE, REI DA BRITÂNIA

Tradução, notas e bibliografia
José Roberto O'Shea
Universidade Federal de Santa Catarina

Introdução
Marlene Soares dos Santos

ILUMI//URAS

Título original:
Cymbeline, King of Britain

Capa:
Estúdio A Garatuja Amarela
Fê
sobre *Portrait of the Earl of Pembroke and his family* (1635-36),
óleo sobre tela [330 x 510 cm], Anthony Van Dyck. Coleção do Conde de Pembroke, Inglaterra.

Consultoria e revisão
Aimara da Cunha Resende
Universidade Federal de Minas Gerais

John Milton
Universidade de São Paulo

Marlene Soares dos Santos
Universidade Federal do Rio de Janeiro

Revisão:
Paulo Sá

Composição:
Iluminuras

ISBN: 85-7321-172-5

2002
EDITORA ILUMINURAS LTDA.
Rua Oscar Freire, 1233 - 01426-001 - São Paulo - SP - Brasil
Tel.: (0xx11)3068-9433 / Fax: (0xx11)3082-5317
iluminur@iluminuras.com.br
www.iluminuras.com.br

SUMÁRIO

INTRODUÇÃO

Marlene Soares dos Santos
Universidade Federal do Rio de Janeiro

"Cimbeline, que, radiante, brilha
Aqui no oeste"

"E agora, minha carne, minha filha?
Fazes de mim um bobo nesta peça?"

É lugar-comum da crítica especializada descrever *Cimbeline, Rei da Britânia,* como uma das obras mais complexas, enigmáticas e elusivas de William Shakespeare (1564-1616). Daí o fato de ser pouco representada fora da Inglaterra; intimidados por seus mistérios, produtores e diretores teatrais não se arriscam a desvendá-los. O que é de lastimar, pois, entre as suas muitas qualidades, a teatralidade se destaca.

Do ponto de vista textual, *Cimbeline* se apresenta relativamente fácil, uma vez que se encontra incluída entre as dezoito peças publicadas originalmente no *Primeiro fólio* (1623), que reunia toda a dramaturgia shakespeariana (com exceção de *Péricles*).[1] Os problemas surgem quando se tenta analisar e discutir um texto teatral que se mostra refratário a quaisquer classificações formais e leituras rigidamente teóricas. Aos que aceitam o seu desafio, a peça proporciona grandes compensações, pois, como afirma Harold Bloom (1999: 614), "*Cimbeline* intriga tão freqüentemente quanto encanta".[2]

De início, a peça intriga pelo título: *Cimbeline, Rei da Britânia.* Se as especulações sobre a cronologia e a autoria das peças estiverem corretas, *Cimbeline* teria sido a última obra inteiramente escrita por Shakespeare em que uma das personagens empresta o seu nome ao título. Mas em todas as peças — e foram muitas, tais como *Ricardo III, Henrique V, Otelo e Hamlet* — a personagem-título se constitui o foco da ação dramática. A única exceção seria *Júlio César* e o seu herói trágico, Bruto; entretanto, há críticos que defendem o título argumentando que César — primeiro, vivo e, depois, morto — determina o desenvolvimento do enredo do princípio ao fim. *Macbeth, Rei Lear* e *Cimbeline* exploram fatos históricos e/ou lendários pertencentes a uma Inglaterra pré-normanda, isto é, antes de 1066; enquanto Macbeth e Lear dominam toda a trama com as suas paixões e as conseqüências que delas decorrem, o mesmo não acontece com Cimbeline. E não se pode alegar o fato de os protagonistas acima serem pertencentes a tragédias: Péricles não o é.

Além de não ser a personagem principal, a figura de Cimbeline nada possui de

---

1) Atualmente, muitos estudiosos incluem *Os dois nobres parentes* e *Rei Eduardo III* no cânone shakespeariano.

2) Exceto no caso de *Cimbeline*, as traduções das citações são de minha autoria.

"radiante" e, além de sua filha, parece que todos o "fazem de bobo nesta peça". Devido a sua excelente caracterização e o papel-chave que ela representa, foi até sugerido no século XIX que *Imogênia, Princesa da Britânia* seria um título mais adequado para a obra (Thompson, 1991a: 77). O que, aliás, já havia sido pensado por Thomas D'Urfey que, na sua adaptação, a rebatizou de *A Princesa injuriada* ou *A aposta fatal* (c. 1673). A grande maioria dos estudiosos shakespearianos parece acatar essa sugestão, uma vez que ignoram quase por completo a personagem do rei, concentrando-se na da princesa.

Um dos aspectos mais controvertidos de *Cimbeline* se refere à natureza do seu gênero teatral. Tradicionalmente costuma-se agrupar as três últimas peças de Shakespeare, escritas sem a possível colaboração de outros autores — *Cimbeline* (1609-10), *Conto do inverno* (1610-11) e *A tempestade* (1616) — sob o rótulo de "romances". Apesar das críticas à nomenclatura — "[romance] significa tanto que, freqüentemente, não significa absolutamente nada" (Wells, 1971: 117); "o que a idéia de 'romance' dá com uma das mãos tira com a outra" (Bloom, 1998: 639) —, ela se tornou uma referência útil para essas obras.

É interessante observar que, no *Primeiro fólio, Conto do inverno* e *A tempestade* foram classificadas como comédias, *Cimbeline*, listada entre as tragédias[3] e *Péricles*, como vimos, não foi incluída. No século seguinte, Alexander Pope (1688-1744), na sua edição das obras completas de Shakespeare (1725), dividiu-as em quatro categorias: comédias, peças históricas, tragédias da história e tragédias da fábula; nesta última, ele colocou *Cimbeline* ao lado de *Tróilo e Créssida, Romeu e Julieta, Hamlet* e *Otelo* (Taylor, 1990: 170). A palavra "romance" aparece na crítica shakespeariana no século XIX: Samuel Taylor Coleridge (1772-1834) definiu *A tempestade* como "romance" e William Hazlitt (1778-1830) se referiu à *Cimbeline* como "um romance dramático" (Warren, 1998: 15).

Dois tipos do gênero literário romance — o grego e o medieval — dominaram o imaginário europeu até o século XVIII. Na Inglaterra, os romances gregos em prosa alcançaram grande popularidade no século XVI quando começaram a ser traduzidos. Assim é que *Dáfnis e Cloé* de Longos, *Etiópica* de Heliodoros e *Cleitofon e Leucipe* de Aquileus Tatio exerceram grande influência sobre a literatura da época; a sua força avassaladora se faz sentir até hoje como nos prova a literatura de Gabriel García Márquez e Isabel Allende (Doody, 1998:125). Os romances/novelas de cavalaria da Idade Média e seus heróis como o Rei Artur e os cavaleiros da Távola Redonda, Amadis de Gaula e Huon de Bordeaux continuavam a ser extremamente conhecidos na Inglaterra elisabetana permeando a sua produção literária.

É o caso de se indagar de onde provém tal fascínio romanesco que, apesar de ter passado o seu auge, continua exercendo poder. Inicialmente, pode-se

---

3) Ver nota da tradução.

apontar ingredientes básicos dos romances que apelam à imaginação do leitor: amores contrariados, separações e sofrimentos, aventuras incalculáveis, episódios mirabolantes, seres sobrenaturais, o Bem e o Mal maniqueistamente apresentados, lugares remotos ou inexistentes e épocas indeterminadas. Os heróis e as heroínas, aristocráticos, belos, puros e apaixonados são conduzidos por das narrativas sem nenhum aprofundamento psicológico e se comportam segundo os parâmetros de suas inquestionáveis virtudes. Generosos e inclusivos, os relatos dos romances acolhem quaisquer eventos ou personagens por mais absurdos que possam parecer, pois não têm nenhum compromisso com o lógico, o provável e o verossímil.

Mas, além dos componentes de grande apelo imaginativo, os autores dos romances em geral sabem como misturá-los e dosá-los, lançando mão do mistério e do suspense, alternando o cômico e o trágico, manipulando o real e o maravilhoso, mantendo o leitor tenso e interessado. Assim seduzido, ele se entrega aos encantos de uma narrativa prodigiosa e bem contada indiferente às objeções de irracionalidade e inverossimilhança.

Entretanto, por mais convincentes que sejam os argumentos de E.C. Pettet (1949) e Carol Gesner (1970), que escreveram excelentes livros comprovando o débito shakespeariano ao romance nas suas últimas peças, o fato é que estas, principalmente *Cimbeline*, transcendem as fronteiras traçadas pelos autores acima. Tanto que, insatisfeitos com a nomenclatura "romances" alguns críticos tentaram precisá-la: *Cimbeline* já foi definida de "romance histórico" (Brockbank, 1971: 234) e de "romance tragicômico" (Cohen, 1985: 384-85).

Se, por um lado, a definição "romance histórico" apresenta uma contradição em termos uma vez que a história, em princípio, se fundamenta em fatos verídicos e o romance não, por outro lado, ela aponta para a presença da história (da Inglaterra e de Roma) na composição da peça. Essa presença é vista como fundamental por diferentes leituras: para G. Wilson Knight (1947) ela era tão marcante que ele considerou *Cimbeline* "uma peça histórica"; para críticos mais recentes como Robert S. Miola (1983) e Coppélia Kahn (1997), ela é "uma peça romana", isto é, inspirada na história de Roma.

Do mesmo modo, a definição "romance tragicômico" pode parecer redundante uma vez que a coexistência de elementos trágicos e cômicos é uma das características dos romances; mas, também, pode reforçar o caráter híbrido da peça e, ao mesmo tempo, contextualizá-la na dramaturgia jacobina em que a tragicomédia, importada da Itália, floresceu principalmente no teatro de Francis Beaumont (c. 1584-1616), John Fletcher (1579-1625), Thomas Heywood (1573-1641) e Philip Massinger (1583-1640). Apesar de a palavra tragicomédia ser empregada para classificar muitas obras dos repertórios elisabetano e jacobino, o termo aparece com um sentido pejorativo nas críticas que o poeta Sir Philip Sidney (1554-1586) — classicista por formação e por convicção — faz ao drama de sua época chamando-o de "tragicomédia híbrida" pela sua recusa em aceitar as regras da dramaturgia clássica.

A famosa diatribe de Sidney corrobora a "impureza" das obras dramáticas dos autores elisabetanos que, a exemplo dos autores dos romances, não hesitam em reunir os componentes mais diversos contanto que o resultado seja um bom enredo que agrade ao público. Em que pese o efeito satírico, quando Polônio cita para Hamlet os diversos gêneros teatrais que os atores podiam representar além da tragédia e da comédia, ele inclui as peças "histórica, pastoral, pastoral-cômica, histórico-pastoral, trágico-histórica, trágico-cômico-histórico-pastoral" (II. 2. 363-65), o que evidencia que os dramaturgos sabiam e podiam separar os gêneros; só não o faziam quando não queriam, uma vez que a dramaturgia elisabetana/jacobina se fundamenta na mistura de elementos retirados dos teatros clássico e popular.

O teatro contemporâneo, em geral, ignora o gênero; a crítica shakespeariana ainda não. Não me cabe aqui discutir os motivos de sua insistência em rotular as peças; no caso específico de *Cimbeline* e das outras do grupo dos romances, pode-se aceitar o rótulo como um meio prático de rápida identificação, mas que as define apenas parcialmente. Alguns estudiosos para evadir a questão referem-se a elas apenas como "as últimas peças".

"*Cimbeline* de Shakespeare é uma peça extremamente complicada mesmo para um romance" (Skura, 1982: 203). As complicações são oriundas dos diversos textos de que ele se utilizou, alguns de princípios opostos como o romance e a história, tentando uni-los em uma só trama. Aliás, o método de composição de *Cimbeline* é o mesmo que Shakespeare empregou na grande maioria de suas obras: amalgamar várias histórias em uma única. O problema é que, nessa peça, embora seja possível identificar as partes, não se chega a um acordo quanto ao sentido do todo.

A ação se desenrola a partir de três histórias principais: a história de amor entre uma princesa e um plebeu e a aposta do marido na fidelidade da esposa; a história da guerra entre Roma e a Britânia pelos pagamentos de tributos devidos por esta; e a história do seqüestro dos dois jovens príncipes criados nas montanhas. Essas narrativas são desenvolvidas e entrelaçadas por uma série de incidentes que envolvem disfarces, mal-entendidos, coincidências, desencontros, mortes, ressurreição, batalhas, viagens, sonhos, espíritos, deuses, adivinhações, profecias, reencontros e reconciliações.

Apesar da grande profusão de traços romanescos em *Cimbeline,* não se pode agrupá-los em uma fonte determinada. Sabe-se, por exemplo, que *Etiópica* havia sido traduzida para o inglês em 1569 e era leitura predileta dos elisabetanos. Mais especificamente, Gesner (1970: 95-8) traça paralelos entre o romance *Cleitofon e Leucipe* e *Cimbeline*, mas não sugere uma influência direta. Pode-se, então, inferir que o débito shakespeariano ao romance é amplo porém difuso, impossível de detectar em um único texto.

Já o débito à história é bem mais específico e se encontra nas páginas de Raphael Holinshed, na edição aumentada (1587) de *As crônicas da Inglaterra, Escócia e Irlanda.* O editor moderno da obra anuncia na primeira página que as crônicas selecionadas foram as utilizadas por Shakespeare na composição das peças históricas do *Rei Lear,* de *Cimbeline* e de *Macbeth* (Hosley, 1968). Da mesma maneira que se arroga o direito de desrespeitar as convenções romanescas (por exemplo, determinando os lugares e a época em que se passa *Cimbeline*), Shakespeare faz o mesmo com Holinshed, escolhendo e/ou alterando o que lhe parecia necessário. De acordo com o historiador, Cimbeline havia sido educado na corte romana e era tão benquisto por Augusto César que este deixou a critério do primeiro pagar ou não o tributo devido à Roma pelos países conquistados. Holinshed, porém, ressalva que os autores romanos (citando Cornélio Tácito) se referem à falta deliberada de pagamento por parte do pai de Cimbeline, acrescentando que como o imperador romano estava muito ocupado com outras guerras, não se incomodou com o fato (Hosley, 1968: 4-5).

Não se deve acusar Shakespeare de ter sido desrespeitoso com os fatos históricos: primeiro que, como artista, tinha o direito de fazê-lo, visto que a sua função era criar e não registrar; segundo, porque o conceito de historiografia da época admitia misturar fatos verídicos e lendários, personagens reais e fictícias. Assim os elementos históricos em *Cimbeline* podem ser vistos de vários prismas: pertencentes à história romana ou à inglesa, à mítica ou à contemporânea.

A aposta do marido na fidelidade da esposa — episódio central da história de amor entre a princesa e o plebeu — era uma história conhecida, transmitida oralmente, até que Boccaccio lhe deu forma escrita no seu *Decameron* (1353). Shakespeare a deve ter lido ou em alguma tradução inglesa que se perdeu ou em uma das muitas traduções francesas existentes, pois a história do autor italiano revela muitos traços em comum com *Cimbeline*, não só no que se refere a eventos mas, principalmente, em tom e atitude (Warren, 1998: 27). Shakespeare também pode ter-se beneficiado de uma outra versão da história da aposta muito difundida na época: uma narrativa em prosa intitulada *Frederico de Gênova*, traduzida do holandês, publicada no início do século XVI e que se tornou extremamente popular. Shakespeare teria, então, retirado de cada versão da história circunstâncias, detalhes e personagens que lhe parecessem mais adequados à intriga que iria desenvolver no palco.

Com tantos elementos de narrativas díspares para harmonizar em um todo, não é de admirar que esse todo seja complexo. Mark Van Doren (1939: 263) reclama que "a ação de *Cimbeline* é tão complicada que somente um perito pode-se lembrar dela."[4] Harold C. Goddard (1990: 245) a descreve como "sendo a mistura mais

4) Ele não explica que tipo de perito.

estranha de história lendária, romance medieval, pastoral, comédia, tragédia e meia dúzia de outras coisas." E Northrop Frye (1973: 65) declara que *Cimbeline* é "uma peça que poderia ser intitulada *Muito barulho por tudo*." Shakespeare, além se valer das obras de outros autores, se vale da sua própria obra anterior à feitura de *Cimbeline*.

Várias vezes, ele empregou os mesmos temas, tipos humanos e recursos teatrais em peças diferentes. Autor de vasto repertório, possivelmente escrito sob pressão, não deve causar espécie o fato de haver semelhanças entre um texto e outro. Entretanto, no caso de *Cimbeline*, em que o excesso é a norma, os críticos estão acordes em considerá-la a peça mais retrospectiva de Shakespeare, chegando mesmo a ser chamada de "autoparódia autoral" e "autoparódia compulsiva" (Bloom, 1998: 622, 635).

Em *Cimbeline* reverberam vários ecos de obras que a antecederam. A cena em que Giácomo sai do baú no quarto de Imogênia lembra a este e ao leitor a mesma ação praticada por Tarquínio no poema narrativo *A violação de Lucrécia*; a trama, carregada de mal-entendidos, remete-nos à de *A comédia dos erros*; o pastoralismo e o contraste entre a corte e o campo são encontrados em *Como gostais*; o tema do ciúme já havia sido tratado em *Otelo* (e voltaria a ser tratado em *Conto do inverno*) que também apresenta um vilão que convence o marido de que a esposa lhe é infiel; Imogênia e Hero de *Muito barulho por nada* são acusadas injustamente de infidelidade e falsamente dadas como mortas; a morte aparente de Imogênia sob o efeito de uma bebida e a sua "ressurreição" se assemelham às de Julieta; Cimbeline é, como Lear, rei de uma Britânia mítica; a personalidade da Rainha se parece com a de Lady Macbeth; Imogênia se disfarça de rapaz assim como Júlia em *Dois cavalheiros de Verona*, Rosalina em *Como gostais*, Pórcia, Nerissa e Jessica em *O mercador de Veneza* e Viola em *Noite de reis*; e nas cenas finais de *Tito Andrônico, Romeu e Julieta* e *Cimbeline* há narrativas recapitulando o que aconteceu e que já é do conhecimento do leitor/ espectador.

Assim como em *Os dois cavalheiros de Verona* Shakespeare sobrecarregou o quinto ato de *Cimbeline* com a responsabilidade de resolver todos os problemas apresentados no decorrer da ação, em busca de unidade na forma e sentido no conteúdo. Decididamente, ele falha na primeira tentativa; afinal, era um dos seus trabalhos iniciais e ele ainda não dominava as técnicas dramatúrgicas; quanto à segunda, os críticos se dividem, apesar de aumentar o número daqueles que acreditam que ela foi bem-sucedida.

Nos séculos XVII e XVIII as mais famosas versões de *Cimbeline* — as de Thomas D'Urfey (1673), William Hawkins (1759) e David Garrick (1761) — mudaram o final da peça. Bernard Shaw (1856-1950) faria o mesmo no século XX. As versões podem demonstrar uma insatisfação no final considerado inadequado em diversas épocas ou apontar para "a extraordinária riqueza do texto e sua abertura para uma vasta gama de significados" (Thompson, 1991b: 217).

O nome de Shaw está indelevelmente ligado à história teatral de *Cimbeline*. Em 1896, Henry Irving resolveu encenar a peça e convidou a grande atriz Ellen Terry para representar Imogênia. Durante a preparação do papel, ela e Shaw trocaram cartas (publicadas posteriormente) que já indicam as opiniões pouco laudatórias do dramaturgo sobre o texto. Opiniões estas, que viriam a público em 26 de setembro na crítica — intitulada *Culpando o bardo* —, que Shaw fez à produção, acusando *Cimbeline* de ser na sua quase totalidade um lixo teatral da mais baixa categoria melodramática, em certas partes abominavelmente escrita, do princípio ao fim intelectualmente vulgar e, julgando o seu pensamento pelos modernos padrões intelectuais, tola, ofensiva, indecente, e exasperante além de todos os limites toleráveis (Wilson, 1961: 72).

Quase cinqüenta anos mais tarde, em 1945, Shaw revê as suas opiniões sobre *Cimbeline*, mas ainda critica severamente o seu final: "*Cimbeline*, apesar de ser uma das melhores das últimas peças de Shakespeare, desmorona no último ato" (Wilson, 1961: 80). Teria sido uma justificativa por ter escrito *Cimbeline retocada* em 1937? Ao se impor o desafio de retocá-la ele também se impôs outro: o de fazê-lo em versos brancos, sem preocupação com o poético, mantendo apenas algumas linhas do original. Shaw abreviou drasticamente o último ato, condensando todas as cenas em apenas uma e, conseqüentemente, cortando o que considerava excessivo. E, para o pioneiro defensor do feminismo, Imogênia deve terminar a peça ressentida e amarga, voltando para o marido porque não tem outra alternativa pelo fato de ser mulher. Diante da personalidade irônica e polemista de Shaw com suas reações conflitantes acerca da obra shakespeariana, pode-se acatar a possibilidade de que *Cimbeline retocada* seria mais uma provocação aos ferrenhos admiradores do Bardo de Avon (os chamados "bardólatras") do que uma intenção séria de dar um novo final à peça e "melhorá-la".

Entretanto, ao reduzir o quinto ato tão severamente, Shaw termina por destacar a falta que faz um dos recursos mais relevantes da peça: o excesso. Empregado durante toda a escrita, o desenrolar da ação dramática cria a expectativa no leitor/espectador de um excesso maior ainda para um texto que se propõe vário desde o início. E o último ato — multifacetado, multifocal e multivocal — não decepciona.

Além dos disfarces abandonados, mal-entendidos explicados, mistérios desvendados e perdões concedidos, Shakespeare exagera na manipulação de certos componentes da trama como que curioso até onde poderia forçar a tessitura dramática sem rompê-la. A vitória dos britanos é contada duas vezes: pela mímica e pela narração; aliás, as narrações são duas, a de Póstumo e a de Giácomo; as visões também são duplicadas — Póstumo primeiro é visitado pelos espíritos dos seus familiares e, depois, por Júpiter; igualmente duplicada são as adivinhações solucionadas; e as provas de reconhecimento dos dois jovens príncipes são três: o testemunho de Belário, a manta de Arvirago e a marca de nascença de Guidério. O mais surpreendente é que a chegada do *deus ex machina*, que representaria a intervenção inesperada e providencial para a resolução de todos os problemas do enredo, não corresponde à antecipação do leitor/espectador: Júpiter simplesmente não contribui em nada para desatar os muitos nós da trama no final, criando um novo suspense. Assim Shakespeare mantém esse leitor/espectador — que já se encontra a par dos fatos — interessado na maneira pela qual ele maneja as diversas revelações e fascinado pelo seu virtuosismo em encaixá-las no momento certo, completando um quadro em que tudo foi resolvido, conseguindo esculpir uma unidade da multiplicidade.

E o virtuosismo do autor é comprovado ao se analisar o tratamento dispensado às relações espaço-temporais e suas implicações na construção da forma e do sentido da peça. Uma das características da literatura romanesca é a idéia de movimento combinada com mudanças abruptas de localidades. É o que acontece nas três das quatro peças shakespearianas denominadas de "romances" — *Péricles, Cimbeline* e *Conto do inverno*.[5] Entretanto, o exagero que marca a composição de *Cimbeline* também a faz "extraordinária a esse respeito" (Pettet, 1970: 164).

À primeira vista, a ação se passa na Britânia, em Roma e no País de Gales. Uma leitura mais atenta, porém, revela que o universo da peça é bem mais complexo: múltiplo e simultâneo. A intriga se desenrola na Britânia romana e na Britânia jacobina; na Roma da Antigüidade e na Itália da Renascença; no País de Gales, ora nas montanhas, ora na costa marítima; na corte e no campo; no céu e no inferno; na Europa pagã, prestes a se tornar um continente cristão. O anacronismo característico da época e a flexibilidade da encenação teatral permitiam tais liberdades com as noções de espaço e tempo.

A história da Britânia romana é recapitulada no começo do Ato III quando o embaixador de Roma lembra a Cimbeline que, depois que Júlio César invadiu a ilha, os britanos teriam se comprometido a pagar um tributo de três mil libras anualmente. Aconselhado pela esposa e pelo enteado, o rei se recusa a fazê-lo e a guerra é declarada. Deve-se notar que, por um momento, a Roma Antiga é transferida para a Idade Média quando Cimbeline declara a Lúcio que "... Teu Augusto / De mim fez cavaleiro" (III. 1).

Um outro fator complicador — que prefiro chamar de enriquecedor — refere-se à receptividade de *Cimbeline* a idéias sociopolíticas, contrariando a praxis dos romances. Em um artigo pioneiro que resgata a seriedade de propósito da peça, Emrys Jones relaciona o seu material histórico ao momento político contemporâneo e expande o seu significado. Estudando a incursão da topicalidade na história da Britânia, ele conclui que a peça tenta fazer várias aproximações com a Inglaterra

---

5) *A tempestade* segue as regras das unidades de ação, tempo e lugar da dramaturgia clássica. *Péricles* não foi mencionada ao lado das outras três na página 8 porque teria sido escrita com a colaboração de outro autor: George Wilkins.

jacobina. Por exemplo, há a tentativa de associar o mito Tudor à figura de Jaime I, que se proclamava herdeiro do papel simbólico de Henrique VII, o fundador da dinastia inglesa que reinou durante todo o século XVI (1971: 254). Daí advém a relevância de Milford Haven no desenrolar da ação — uma clara referência ao porto em que Henrique Tudor desembarcou para derrotar Ricardo III na batalha de Bosworth. Outras associações também poderiam ser feitas, como por exemplo, a de Imogênia ao lado de seus irmãos Guidério e Arvirago com a princesa Elisabete e os príncipes Carlos e Henrique, os três filhos do rei Jaime I.

Do mesmo modo, a Roma Antiga coexiste com a Itália Renascentista, alternando-se de acordo com as necessidades da trama. A primeira é geralmente tratada com simpatia e respeito, o que ia ao encontro dos sentimentos dos ingleses, pois, de acordo com uma lenda muito aceita na época, Roma e Britânia eram nações irmãs, uma vez que ambas haviam sido fundadas por Bruto, descendente do troiano Enéas. Aliás, Shakespeare batiza sua principal personagem feminina de Imogênia, nome da esposa de Bruto.[6] Há referências elogiosas ao valor do soldado romano, Cimbeline recorda com prazer a juventude vivida na corte de Augusto, Lúcio é um homem de caráter e um comandante corajoso, Imogênia tem *As metamorfoses* de Ovídio como livro de cabeceira e o seu quarto é adornado por uma tapeçaria que reproduz o primeiro encontro de Antônio e Cleópatra.

Simultaneamente, a Itália da Renascença é apresentada como uma versão degradada da Roma da Antigüidade e o seu tratamento revela todo o preconceito dos ingleses. Assim o vilão é italiano e a ingenuidade do britano Póstumo não resiste a sua sofisticação diabólica; a mudança operada na personalidade deste sugere que ele foi contaminado pelos vícios do seu lugar de exílio. O episódio da aposta oferece várias ocasiões em que são feitas — direta ou indiretamente — referências pouco lisonjeiras à cidade-estado continental com que a ilha mantinha relações de amor e ódio. A peça estabelece a diferença entre as duas "Romas" ao justapor a invasão da Britânia pelos romanos, de maneira clara e legal, a do quarto de Imogênia por Giácomo, de maneira escusa e traiçoeira.

Um País de Gales primitivo confere à peça a sua atmosfera pastoral. Mas esse lugar não é uma Arcádia idealizada em que pastores e pastoras só cuidam dos seus amores; a paisagem é rústica, cercada de montanhas onde Belário e os dois rapazes moram numa caverna e caçam para comer. Com o excesso que a caracteriza, *Cimbeline*, ao mesmo tempo que apresenta ecos da tradição pastoral com a sua ênfase nas maravilhas da natureza e na simplicidade e na pureza da vida no campo, introduz ecos da vida na cidade e na corte, imediatamente estabelecendo um contraste entre o País de Gales e a Britânia com sua corte hipócrita e corrupta denunciada por Belário (III. 3), o que é, mais tarde, confirmado por Imogênia (III. 6).

6) Ver nota da tradução.

A localidade galesa cresce em importância na mesma proporção em que o seu porto — cujo nome reverbera na peça — adquire conotações que ultrapassam a sua mera situação topográfica. Como já foi mencionado, Milford Haven é uma das alusões que insere a Inglaterra dos Stuarts na Inglaterra pré-normanda. Shakespeare rompe com a tradição romanesca de lugares desconhecidos e indeterminados, e insiste em particularizar a geografia de *Cimbeline*, concomitantemente lhe emprestando um sentido mágico e religioso além do político. Imogênia diz que o lugar é "bendito" e o vê como um "santuário"[7]. A viagem — recorrente nos romances — leva Imogênia da corte britana a Milford Haven, onde ela ressuscita de uma suposta morte equivalente a uma jornada espiritual. Lá ela se depara com uma morte verdadeira — a de Clóten — e, ao confundir o seu cadáver sem cabeça com o do marido, proporciona ao leitor e, muito mais ao espectador, uma das cenas de maior impacto na dramaturgia shakespeariana.

As múltiplas localidades da peça, além das geograficamente situadas, também incluem o céu e a terra. A idéia de céu perpassa toda a ação: as personagens invocam os deuses, Imogênia lhes faz uma prece antes de dormir e as inúmeras referências às figuras de Vênus, Diana, Juno, Lucina, Minerva, Saturno, Mercúrio, Marte e Júpiter indicam a importância da conotação religiosa na qual a própria Imogênia é envolvida ao ser chamada de "deusa" e "divina". E, finalmente, em um notável *coup-de-théâtre,* Júpiter desce dos céus montado em sua águia.

A morte temporária de Imogênia pode ser interpretada como uma descida ao inferno, um deslocamento do mito de Perséfone/Proserpina que desaparece no mundo das trevas seis meses por ano. Na sua teoria dos mitos, Frye (1973: 138) atribui essa semelhança a Imogênia porque a sua morte foi confirmada pelos ritos fúnebres com que Belário, Guidério e Arvirago a contemplaram. O inferno tem acepções metafóricas diferentes para Giácomo e Póstumo. Para o primeiro, significa o medo/perigo de estar no quarto de Imogênia: "Ante um anjo do céu, estou no inferno" (II. 2); para o segundo, o inferno é um dado interior que ele traz consigo desde que ouviu o relato mentiroso sobre a infidelidade da esposa que ele considera uma "... mancha, tão grande, só no inferno / Caberia, ocupando todo o espaço" (II. 4). O seu conhecido solilóquio (II. 5) contém uma referência ao inferno e duas ao diabo. Até o final, Póstumo viverá no seu inferno particular: a dor causada pela suposta traição de Imogênia, o ódio que passou a sentir por ela, o remorso por ter mandado matá-la e o sofrimento por acreditá-la morta.

Tratando-se de relações espaço-temporais tão abertas, não surpreende o fato de a Inglaterra cristã ser vislumbrada pela Britânia pagã. Deuses e deusas convivem tranqüilamente com anjos e demônios; tal convivência pode ter sido facilitada pelo conhecimento — não explícito no texto — de que o reino de Cimbeline coincidiu

7) Ver nota da tradução.

com o nascimento de Jesus Cristo em plena *pax romana*. Jones (1971: 252-53) interpreta o final da peça com a mensagem de paz como uma dupla referência: "ele apresenta dramaticamente a quietude do mundo esperando o aparecimento do Jesus-menino, mas também homenageia Jaime I pela sua vigorosa política de pacificação".

A abordagem espaço-temporal de *Cimbeline* contribui sobremaneira para o entendimento do caráter caleidoscópico da peça, acentuado pela diversidade de sentimentos, ações/reações e relacionamentos humanos veiculados pelas personagens. Na sua composição, Shakespeare vai buscá-las prontas nos contos de fadas e nos romances: Cimbeline, o rei parvo e insensível; a Rainha, a esposa falsa e madrasta má; Póstumo, o herói ingênuo; Giácomo, o vilão traiçoeiro; Lúcio, o homem honrado; Clóten, o tolo cruel; Pisânio, o criado leal; Belário, o eremita desiludido; Guidério e Arvirago, jovens e puros; e Imogênia, a heroína aristocrática, bela e casta. Elas nos são apresentadas como estereótipos, sem nenhum compromisso com um possível desenvolvimento psicológico.

Entretanto, volta e meia, Shakespeare nos surpreende ao fazer com que estas figuras se comportem de maneira inesperada, libertando-se da camisa-de-força dos modelos originais. É um Cimbeline digno e majestático que rechaça as ameaças de Roma; a Rainha e o filho Clóten impressionam com os seus repentinos discursos nacionalistas; Póstumo mostra um outro lado da sua personalidade ao expressar um ódio terrível às mulheres e mandar assassinar a esposa; Giácomo se revela um poeta ao contemplar a beleza de Imogênia; e Belário se torna menos nobre ao declarar que raptou os príncipes para se vingar do rei. Conseqüentemente, as personagens ao confundirem o leitor/espectador, alertam-no para o fato de que ele não deve confiar muito nas suas expectativas, mantendo-o curioso.

A maioria dos críticos não se preocupa com as personagens de *Cimbeline* não lhes dedicando mais do que uma frase ou um epíteto geralmente condenatório.[8] A grande exceção é Imogênia, sucesso de crítica — da tradicional à feminista. Ela é unanimemente considerada uma das maiores criações femininas de Shakespeare que "deveria estar em uma peça mais à altura de sua dignidade estética" (Bloom, 1998:618), sendo para muitos a sua própria razão de ser: "*Cimbeline* é amada, e com muita razão, por causa de Imogênia" (Webster, 1957: 207), pois ela "mais do que salva a peça — ela lhe confere uma fascinação única" (Van Doren, 1939: 268). Tal fascinação, que se perpetua até hoje, foi na opinião do editor da Arden Shakespeare, nociva à crítica da peça no século XIX, que nada mais era do que "o ritual pervertido de um culto à Imogênia" (Nosworthy, 1994: xli).

Na época vitoriana, em que as personagens eram tratadas como pessoas reais, Imogênia era vista como a mulher ideal pelos seus atributos: imensa

8) Exceto Meredith Skura que escreveu um excelente artigo sobre Póstumo (ver bibliografia).

capacidade de amar e de perdoar, ternura, coragem, integridade, autodeterminação, firmeza, com a única ambição de ser uma esposa dedicada. Entre os seus admiradores/adoradores encontravam-se importantes artistas literários: o crítico e ensaísta Hazlitt, e os poetas Swinburne[9] e Tennyson[10]; este último teria falecido com um exemplar da peça aberto no colo (Wells, 1985:36). Ela cativou até o carrancudo Shaw que, apesar das restrições, a descreve com simpatia em uma carta a Ellen Terry (Wilson, 1961: 67).

Imogênia pode até ter sido "um acidente maravilhoso" (Nosworthy, 1994: xli), entretanto, não há dúvida de que esse "acidente" se revela uma criação muito feliz do autor na medida em que impede a acomodação do leitor/espectador a uma história repleta de fatos e figuras conhecidas, recolhidos de outras histórias, inclusive das do próprio autor. Ela se relaciona com todas as outras personagens e, na maioria dos casos, a sua presença confere à intriga uma certa imprevisibilidade devido à riqueza psicológica de sua personalidade. Por exemplo, a constatação de que Imogênia vestida de pajem se torna, ao contrário das outras heroínas que adotam uma vestimenta masculina, extremamente passiva (Hayles, 1980: 236; Webster, 1957: 207) não leva em conta o seu estado de depressão após os sucessivos sofrimentos porque passou desde que abandonara a corte. O disfarce é uma pista que aponta para um comportamento estereotipado que não acontece devido às tintas realistas com que é pintado o retrato da personagem. A declaração de Cimbeline,

> Vede, Póstumo ancora em Imogênia,
> E ela, como um benigno raio, lança
> Olhares a ele, a seus irmãos, a mim,
> Seu senhor, alvejando cada objeto
> Com uma alegria que em todos reflete. (V. 6)

recorre às metáforas "âncora" e "raio" que sugerem exatamente as funções que Imogênia exerce na ação dramática: ela a sustenta e a ilumina. Se existe uma personagem que é "a encruzilhada do sentido" (Ryngaert, 1996: 129) ela é Imogênia.

Por uma série de dificuldades já enumeradas, *Cimbeline* não possui uma vasta fortuna crítica. Quando dispostos a analisar as últimas peças shakespearianas, os estudiosos preferem *Conto do inverno* e *A tempestade*; os poucos que se aventuraram a ler *Cimbeline*, com raras exceções, não foram bem-sucedidos. Com o advento da crítica feminista, porém, várias leituras da peça, ainda que insuficientes, muito têm contribuído para desenvolver uma das suas muitas potencialidades polissêmicas e aumentar o seu prestígio. Graças aos trabalhos de Nancy K. Hayles, Coppélia Kahn, Ann Thompson e Jodi Mikalachki, é possível colocar Imogênia na "encruzilhada

---

9) Algernon Charles Swinburne (1837-1909).
10) Alfred Tennyson (1809-1902).

do sentido" da peça, mas diferentemente do que se fazia no século XIX porque agora a heroína é vista sob uma outra ótica.

Com exceção de Hayles, as autoras acima também acolhem a idéia da receptividade de *Cimbeline* a interpretações sociopolíticas, contextualizando Imogênia no universo dramático e na era jacobina, confirmando os grandes atrativos da personagem para uma visão feminista da peça. O título de Princesa da Britânia ganha novos contornos: ela deixa de ser a princesa dos romances e contos de fadas para se tornar portadora de futuras responsabilidades. Logo no início da peça, um cavalheiro informa a outro que ela é "a sucessora do reino" por ser a única filha do rei, razão pela qual o seu casamento com Póstumo, um plebeu, é rejeitado por Cimbeline. A outra informação que se segue — a de que os dois filhos do rei haviam sido raptados ainda crianças — indica a orientação da trama para que o poder real seja mantido em mãos masculinas.

O viés patriarcal da peça pode ser detectado nas atitudes da própria Imogênia, apresentada muito mais como mulher do que herdeira do trono. Em desgraça por causa de sua desobediência, ela aparece preocupada com o exílio do marido e distanciada da ameaça de guerra que paira sobre a Britânia. Consciente de que é a sua realeza o maior obstáculo a sua união com Póstumo, ela lamenta o fato de não ter nascido uma simples camponesa e de não ter sido seqüestrada como seus irmãos, chegando a desejar, ao encontrar Guidério e Arvirago:

> Quem me dera fossem eles
> Rebentos de meu pai. Então, cairia
> Meu preço e eu como tu pesaria, Póstumo. (III. 6)

Imogênia sabe da barreira social que a separa do marido e que o "seu casamento com Póstumo só pode ser salvo pela descoberta de que ela não é a verdadeira herdeira" (Thompson, 1991a: 81). Quando a descoberta acontece, "Imogênia, / Perdeste agora um reino" — ela não esconde a sua alegria — "Não, senhor, / Ganhei dois mundos." (V. 6) — pois, agora se vê desobrigada das funções relativas à sua posição social e pode ser apenas a esposa, cujo marido plebeu saiu enobrecido da guerra pela sua participação corajosa.

Ao desposar Póstumo, Imogênia ignorou o fato de que sua castidade não era apenas dela, mas que também pertencia à nação, uma vez que não se espera que uma princesa se case por amor, mas por razões de Estado. A sua função, implícita no próprio nome que herdara, seria a de gerar uma nova raça, a exemplo da esposa de Bruto (Kahn, 1997: 60-61). Entretanto, mesmo se contentando em ser a filha de Cimbeline, a esposa de Póstumo e a irmã de Guidério e Arvirago, ela não pode abdicar totalmente do seu papel sociopolítico, pois é construída como "um ícone nacional da respeitabilidade feminina", representante de um "nacionalismo alternativo" ao "nacionalismo bárbaro" da Rainha (Mikalachki, 1995: 307). Visto que a ação dramática é informada pela idéia de uma reconciliação com os poderosos e civilizados romanos desejada pelos fracos e bárbaros britanos, a insularidade da Britânia é defendida pela Rainha e o bobo do seu filho — "A Britânia é, em si, um mundo" (III. 1) — enquanto Imogênia lamenta que "ao livro do mundo, nossa Britânia/Parece pertencer, sem nele estar" (III. 4). A situação em que ela, disfarçada como Fidele, é protegida pelo valoroso Lúcio pode ser lida como uma antecipação simbólica do restabelecimento dos laços entre Roma e a Britânia.

O que não passa despercebido a uma leitura feminista é o *ethos* masculino predominante na peça. A comparação e a competição dos britanos com os romanos atravessam a ação desde a aposta de Póstumo com Giácomo até a batalha final em que os primeiros saem vencedores. Apesar da ênfase nas virtudes nacionais, as virtudes romanas aparecem como modelos a serem imitados; por isso, mesmo tendo ganho a guerra, Cimbeline decide pagar o que deve para continuar o relacionamento da Britânia com o Império romano, que não só favorecia o seu país mas também aumentava o prestígio deste aos olhos do mundo.

Nesse universo dramático densamente povoado por homens, a ideologia patriarcal é fortemente veiculada. O tratamento de Imogênia como objeto de aposta e o rebaixamento do seu *status*, a misoginia de Póstumo, e o nacionalismo cego da Rainha responsabilizada pela guerra pelo próprio Cimbeline que queria pagar a dívida à Roma, mas, confessa, "dissuadiu-me / A rainha maldosa" (V. 6), demonstram a clara opção pelo masculino. Tal opção pode ser ainda mais bem comprovada pela apresentação do mundo familiar, em que a mulher tradicionalmente ocupa um lugar reconhecidamente seu e do qual é alijada. Belário cumpre as funções de pai e mãe para os dois filhos adotivos e, no episódio da luta no passo, ele, Guidério, Arvirago e Póstumo podem ser vistos como que constituindo uma família marcial composta só de homens (Kahn, 1997: 163). A usurpação masculina das poucas prerrogativas femininas culmina com o fato de que "em *Cimbeline* até a função de procriar é finalmente transferida para os homens pois o rei se descreve como 'mãe, dando luz a três' (V. 6) e o Adivinho aguarda os filhos dos herdeiros do rei (V. 6)" (Thompson, 1991a: 86). Tal exaltação ao masculino conta com a cumplicidade do feminino, pois "Imogênia nunca recobra os acessórios visuais de sua feminilidade" (Mikalachki, 1995: 321). No final, vestida de pajem, ela se deixa incorporar à sociedade dos homens.

Talvez as preocupações dos críticos tenham recaído sobre as complicações do enredo porque, acostumados com o alto nível da linguagem shakespeariana, estes não encontrem o mesmo em *Cimbeline*. Entretanto, pode-se precisar essa afirmação, alegando que esse alto nível não é consistente do princípio ao fim, mas ele se encontra em vários momentos da peça — quando Giácomo se extasia diante da beleza de Imogênia (II. 2), quando Imogênia recebe a carta de Póstumo (III. 2) e quando os irmãos, julgando-a morta, prestam-lhe homenagens fúnebres com a canção "Não temas o calor do sol"(IV. 2). Essa canção, aliás, adquiriu vida própria e faz parte até hoje de muitas cerimônias de funerais na Inglaterra.

No início desta introdução citei as palavras de Bloom, "*Cimbeline* intriga tão freqüentemente quanto encanta"; mas, após estudo detalhado, cheguei à conclusão de que "*Cimbeline* encanta porque freqüentemente intriga" e, gostaria de acrescentar, "no palco". Nas suas diferentes versões e encenações esta peça vem encantando o público teatral desde o século XVII até hoje, como o atesta o sucesso de várias produções inglesas recentes. A sua rica teatralidade — representações de papéis, uso de disfarces, duelos travados, lutas narradas por mímicas — possui três marcas inesquecíveis: a saída de Giácomo do baú no quarto de Imogênia, o encontro desta com o cadáver de Clóten e a descida de Júpiter do céu em sua águia.

O mais fascinante é ver que Shakespeare, no último ato, chama a atenção do leitor/espectador para o fato de que seu texto — enriquecido por várias fontes e desenvolvido por uma série de estratégias narrativas — foi escrito para ser representado no palco, que é o lugar próprio onde ele exerce todo seu encantamento. Assim é que o autor não hesita em romper com a ilusão teatral colocando nas falas de suas personagens as seguintes indagações: "Fazes de mim um bobo nesta peça?" e "Pensas que é teatro?" A esta segunda, posso responder com a maior convicção: "Sim, é Teatro".

BIBLIOGRAFIA

BLOOM, Harold. *Shakespeare: The Invention of the Human*. New York: Riverhead Books, 1998.

BROCKBANK, J.P. "History and Histrionics in *Cymbeline*." *Shakespeare's Later Comedies: An Anthology of Modern Criticism*, D.J.Palmer (ed.). Harmondsworth: Penguin Books, 1971, pp. 234-47.

COHEN, Walter. *Drama of a Nation: Public Theater in Renaissance England and Spain*. Ithaca/London: Cornell University Press, 1985.

DOODY, Margaret Anne. *The True Story of the Novel*. London: Fontana Press, 1998.

FRYE, Northrop (1957). *Anatomy of Criticism: Four Essays*. Princeton, New Jersey: Princeton University Press, 1973.

GESNER, Carol. *Shakespeare and the Greek Romance*. Lexington: University of Kentucky Press, 1970.

GODDARD, Harold C. (1951). *The Meaning of Shakespeare*, v. 2. Chicago/London: The University of Chicago Press, 1990 (2 volumes).

HARVEY, Paul. *Dicionário Oxford de literatura clássica grega e latina*. Mário da Gama Kury (trad.). Rio de Janeiro: Zahar, 1987.

HAYLES, Nancy K. "Sexual Disguise in *Cymbeline*." *Modern Language Quarterly*, n. 41, 1980, pp. 231-47.

HOLINSHED, Raphael (1587). *Shakespeare's Holinshed: An Edition of Holinshed's Chronicles*, Richard Hosley (ed.). New York: G.P. Putnam's Sons, 1968.

JONES, Emrys. "Stuart *Cymbeline*." *Shakespeare's Later Comedies: An Anthology of Modern Criticism*, Ed. D.J.Palmer (ed.). Harmondsworth: Penguin Books, 1971, pp. 248-63.

KAHN, Coppélia. *Roman Shakespeare: Warriors, Wounds and Women*. London: Routledge, 1997.

KNIGHT, G.Wilson. *The Crown of Life*, 2. ed. London: Methuen, 1948.

MIKALACHKI, Jodi. "The Masculine Romance of Roman Britain: *Cymbeline* and Early Modern English Nationalism." *Shakespeare Quarterly*, n. 46, 1995, pp. 301-22.

MIOLA, Robert S. *Shakespeare's Rome*. Cambridge: Cambridge University Press, 1983.

PETTET, E.C. (1949). *Shakespeare and the Romance Tradition*. London: Methuen, 1970.

RYNGAERT, Jean-Pierre. *Introdução à análise do teatro*, Paulo Neves (trad.). São Paulo: Martins Fontes, 1996.

SHAKESPEARE, William. *Cymbeline*. The Arden Shakespeare (1955), J.M. Nosworthy (ed.). London/New York: Routledge, 1994.

____________. "*Cymbeline*". *The Oxford Shakespeare*, Roger Warren (ed.). Oxford: Oxford University Press, 1998.

SHAW, Bernard. *Shaw on Shakespeare: An anthology of Bernard Shaw's writings on the plays and production of Shakespeare*, Edwin Wilson (ed.). Harmondsworth: Penguin Books, 1961.

SKURA, Meredith. "Interpreting Posthumus Dream from Above and Below: Families, Psychoanalysts and Literary Critics." *Representing Shakespeare: New Psychoanalytic Essays*, Murray M. Schwartz e Coppélia Kahn (eds.). Baltimore/London: The Johns Hopkins University Press, 1982, pp. 203-16.

TAYLOR, Gary. *Reinventing Shakespeare: A Cultural History from the Restoration to the Present*. London: The Hogarth Press, 1990.

THOMPSON, Anne. "*Cymbeline*'s Other Endings." *The Appropriation of Shakespeare: Post-Renaissance Reconstructions of the Work and the Myth*, Jean I. Marsden (ed.). New York: Harvester Wheatsheaf, 1991b, pp. 203-20.

____________. "Person and Office: The Case of Imogen, Princess of Britain." *Literature and Nationalism*, Vincent Newey e Ann Thompson (eds.). Liverpool: Liverpool University Press, 1991a, pp. 76-87.

VAN DOREN, Mark. *Shakespeare*. New York: Doubleday Anchor Books, 1939.

WEBSTER, Margaret. *Shakespeare Without Tears*. New York: Premier Books, 1957.

WELLS, Stanley. "Shakespeare and Romance." *Shakespeare's Later Comedies: An Anthology of Modern Criticism*, D.J. Palmer (ed.). Harmondsworth: Penguin Books, 1971, pp. 117-42.

_____________. *Shakespeare: An Illustrated Dictionary*, ed. rev. Oxford: Oxford University Press, 1985.

PERFORMANCE E INSERÇÃO CULTURAL: *Antony and Cleopatra* e *Cymbeline, King of Britain* em Português[1]

José Roberto O'Shea
Universidade Federal de Santa Catarina

> *Palavra é morta*
> *Quando está dita,*
> *Dizem uns.*
> *Digo: inicia*
> *A só viver*
> *Em tal dia.*
> Emily Dickinson[2]

---

1) Uma primeira versão deste ensaio foi publicado em *Palco, tela e página*, A.R. Corseuil e J. Canghie (orgs.). Florianópolis: Insular, 2000, pp. 43-60.

2) Tradução de José Lino Grünewald. *Grandes poetas da língua inglesa do século XIX*. Edição bilíngüe. Rio de Janeiro: Nova Fronteira, 1988, p. 125.

Considerando questões de performance e inserção cultural, a premissa básica deste ensaio é que tradução e encenação de textos dramáticos "não-originais" constituem atividades comparáveis à escritura e à encenação de textos dramáticos "originais". Com base em tal premissa, argumento que as especificidades atinentes ao texto teatral entendido como gênero literário ou arte cênica valem, igualmente, para *criação* e *tradução* dramatúrgica, tanto no que concerne à página quanto ao palco. Partindo de conceituação que procura caracterizar o texto teatral como literatura dramática ou como arte cênica, bem como de definições de tradução, de modo geral, e de tradução para teatro, especificamente, esta última segundo a tipologia — "série de concretizações" — proposta por Patrice Pavis, apresento uma reflexão sobre a tradução para teatro, recorrendo a ilustrações retiradas de minhas próprias traduções, anotadas e em verso, de textos dramáticos de Shakespeare, a saber, *Antônio e Cleópatra* (Mandarim/Siciliano, 1997) e *Cimbeline, Rei da Britânia.*

Para evitar a aporia relativa à natureza do texto dramático, isto é, segundo Pavis, "a questão que considera a possibilidade de uma peça existir, de maneira independente, como texto, ou apenas em performance" (p. 39),[3] de início, gostaria de lembrar que o texto dramático "existe" em duas dimensões básicas — escrita e oral — e destacar a problemática distinção conceitual que se faz entre teatro como literatura e arte cênica. Conforme sabemos, o texto dramático é freqüentemente abordado como linguagem escrita, isto é, "o roteiro que é lido ou ouvido durante a performance" (Pavis p. 24). Sendo, relativamente, fixo e, decerto, plausível de ser registrado, lido e recebido de maneira similar à ficção, poesia e outras formas escritas, o texto dramático configura *ars longa*, gozando de tal afinidade com a literatura e a teoria literária que, no estudo de Letras, observa-se a tendência de pensar — e reduzir — teatro a texto dramático.[4] Não é para menos, registrado em

3) À exceção da epígrafe, todas as citações são traduzidas pelo autor deste ensaio.

4) Marvin Carlson comenta que somente a partir do recente interesse teórico em "performance" surge a noção de que uma peça pode ser vista não como uma espécie de "prima" de formas literárias, tais como o romance e o poema, mas de formas cênicas, tais como o circo, o espetáculo mambembe, ou mesmo um embate de luta livre ou a convenção de um partido político (p. 82).

linguagem escrita, o texto dramático, de um lado, é dominado por um modelo textual que conta com a hegemonia da linguagem escrita sobre o significado, de outro, configura o elemento teatral que mais se presta à análise e à avaliação (Fortier pp. 4 e 13). No entanto, conforme inúmeras vezes apontado, a ênfase prevalecente ao texto escrito, em detrimento de outros sistemas de signos, tem constituído um obstáculo ao desenvolvimento do estudo do teatro (Bassnett, "Labyrinth" p. 88).

Sem dúvida, teatro é mais do que um texto escrito em uma página. Gozando *vita brevis*, teatro não é fixo, dificilmente plausível de ser registrado, repetido, ou mesmo mensurado (Fortier p. 91; Holland pp. 1-20); teatro é performance, ainda que performance de um texto dramático, isto é, "tudo o que é visível ou audível no palco" (Pavis p. 25), linguagem falada significando lado a lado à linguagem visual, sonora e sensorial, através da agência de atores, espaço, movimento, cenário, luz, música, em complexa inter-relação, sendo a experiência totalizada no ato da recepção (Fortier p. 4). Ao contrário do que se observa com o texto dramático impresso em uma página, no teatro a linguagem escrita (verbalizada) não exerce hegemonia sobre o significado.

Ainda que problemática, a distinção conceitual entre um texto dramático e a sua realização teatral é importante porque cada qual terá sua própria semiologia, uma, predominantemente, verbal e simbólica, a outra, não verbal e icônica. Com efeito, colocar os dois conceitos no mesmo espaço teórico será prejudicial ao entendimento de ambos. Para Bassnett, "o texto escrito configura um código, um sistema dentro de um complexo conjunto de códigos que vão interagir no momento da performance" ("Labyrinth" p. 94). Em última análise, *mise en scène* vai promover uma modulação entre página e palco, colocando em cena o texto da peça, sob tensão dramática, testando-o *vis-à-vis* a sua própria "situação de enunciação", definida por Pavis como o momento em que o texto dramático é apresentado por um ator, em local e tempo específicos, diante de um público que recebe, ao mesmo tempo, texto e *mise en scène* (Pavis pp. 2, 25-30, 136).

Tem sido apontado que o debate a respeito da natureza da relação entre o texto dramático, em si, e o texto da performance, no sentido teatral, estaria ignorando o problema da tradução, privilegiando a dramaturgia "original" (Bassnett "Labyrinth" p. 89; Pavis p. 136). No entanto, refletindo sobre esse complexo assunto, gostaria de propor que as convenções da dramaturgia valem tanto para textos originais quanto para textos traduzidos. Nesse prisma, defino tradução como um processo hermenêutico e criativo, envolvendo uma gama de atividades complexas e não estanques: leitura, releitura, pesquisa, criação, experimentação, adaptação, escritura, revisão e re-escritura — não seria esse, também, o processo original de composição dramatúrgica?

Contudo, se definições podem facilitar o estudo, nem sempre é possível, com base nas mesmas, estabelecer regras fixas sobre uma determinada prática artística.

A esse respeito, David Johnston, na introdução da coletânea de ensaios *Stages of Translation*, por ele próprio organizada, afirma o consenso entre os vinte e seis autores que contribuem com artigos para a coleção, ao refletirem sobre tradução para teatro: não pode haver regras rígidas para o desempenho da atividade, "não pode haver prescrições teóricas para tradução [de teatro], assim como não há [regras fixas] para se escrever uma peça ou um poema" (p. 7); não há, portanto, prescrição, nem fórmula, mas há um axioma. Por trabalharem, primordialmente, com linguagem verbal (escrita), tradutores de textos dramáticos devem considerar a importante dimensão não verbal do teatro e ter em mente uma questão singular: a multiplicidade de linguagens que precisam ser levadas em conta — além do aspecto lingüístico (Bassnett "Labyrinth" p. 87). Sem dúvida, estejam gesto e performance latentes ou não no texto dramático, o tradutor para teatro "tem a responsabilidade de transferir não apenas o código lingüístico, como, também, uma série de outros" (Bassnett "Labyrinth" p. 89).

Nesse particular, o esquema pensado por Pavis visando à especificação da tradução para teatro será bastante elucidativo ao tradutor de textos dramáticos, além de ensejar a percepção da proximidade existente entre escrever e traduzir teatro. Refiro-me à série de "concretizações" definidas por Pavis, no sentido por ele dado ao termo segundo Roman Ingarden, e que configuram, por assim dizer, traduções intermediárias, características ao processo de apropriação da cultura de partida por parte da cultura de chegada. Foge ao meu escopo aqui ensaiar análise abrangente da Estética Fenomenológica e da Teoria da Recepção. Será, talvez, suficiente lembrar que, em Ingarden, a obra literária é "concretizada" ao ser lida, ou ouvida e vista. Essa "concretização", na verdade, será distinguível da obra em si; trata-se de processo complexo por meio do qual a obra literária é elevada ao nível de "experiência imaginativa", no caso da leitura, ou "experiência perceptiva", no caso de um espetáculo cênico (Ingarden p. 336). A obra de arte possui existência própria, mas só pode ser apreendida em uma de suas "concretizações", dependendo dos atos constitutivos de um leitor ou espectador (*ibid* pp. 332-55). Assim sendo, a leitura — eu diria, e a tradução — configura um processo criativo no qual o leitor/tradutor, a um só tempo, "concretiza" algo que, de certa forma, ele encontra no texto e modifica algo já elaborado pelo autor. Quando reflito sobre minha experiência como tradutor de textos dramáticos, constato que a tipologia de Pavis descreve, com bastante exatidão, as mutações afetas ao texto, desde um original (T_0), passando por uma concretização textual (T_1), uma concretização dramatúrgica (T_2), uma concretização cênica (T_3) e, finalmente, chegando à recepção (T_4).

Sucintamente, o texto original — T_0 — resulta das escolhas feitas a partir da criatividade e das formulações do autor, sendo apreendido de acordo com a cultura e o ambiente lingüístico que o cercam. Ademais, será legível no contexto de sua própria "situação de enunciação". Obviamente, T_0 é o texto de partida para o processo tradutório, assim como o ponto de partida para a composição dramatúrgica original costuma(m) ser outro(s) texto(s), no uso freqüente que dramaturgos fazem de fontes diretas ou indiretas na criação de peças teatrais.

O que Pavis chama T_1 — "concretização textual" — vem a ser o texto escrito da tradução, seja elaborado sob encomenda, para publicação, ou para uma produção teatral específica. Trata-se da transformação, da retextualização primeira, e nela o tradutor já trabalha como leitor e dramaturgo. Será interessante ressaltar que nessa fase a "situação de enunciação" é virtual e não real, isto é, encontra-se presente na mente, nos olhos e nos ouvidos do tradutor. Além disso, o tradutor deve estar ciente de que a tradução, de um lado, não tem como preservar a situação de enunciação original e, de outro, destina-se a uma situação de enunciação futura, com a qual o tradutor tem pouca, ou nenhuma, familiaridade. Na prática, a tradução, publicada ou inédita, corresponde ao texto dramático original, publicado ou inédito, que servirá de base à determinada produção no idioma original.[5] No entanto, a condição de escritura dessa textualização inicial, que se caracteriza, conforme vimos, pela hegemonia da linguagem verbal/escrita sobre significados, não implica, necessariamente, a desconsideração dos elementos não verbais inerentes à experiência teatral. Antes, já nessa concretização inicial, a tradução de/para teatro, assim como a composição dramatúrgica original, busca decisões textuais que levem em conta questões de dramaturgia, conforme ilustrado nos exemplos abaixo. Em outras palavras, desde essa primeira textualização, a tradução deve procurar ir além do lingüístico, em direção ao dramatúrgico.[6]

Em T_2 Pavis registra a "concretização dramatúrgica" em si (p. 141). Caso o tradutor, até então, venha desenvolvendo seu trabalho em relativo isolamento, nessa fase, a colaboração com diretor e atores que vão encenar o texto se torna indispensável, na medida em que as decisões dramatúrgicas são testadas, na prática, e a "situação de enunciação", agora personalizada nos atores, torna-se real, não mais virtual, decerto um paralelo à prática da encenação de qualquer texto dramático original, que envolve experimentação e colaboração. A meu ver, o que Pavis chama "concretização dramatúrgica" corresponde ao que Delabastita e D'Hulst denominam "versão para palco" (p. 9), e Bassnett chama o "cenário" em que uma companhia trabalha (p. 91). Nesse ponto, a atenção ao "encenável" e "falável" passa ao primeiro plano, a linguagem sendo testada, ajustada, pela experimentação e pela incorporação de indicações de tempo e espaço encontradas no texto, e.g., no caso da execução extralingüística de determinadas rubricas. A prática demonstra que, de modo geral,

5) No caso da dramaturgia shakespeariana, por exemplo, o texto de uma determinada peça, publicado na edição que o espectador tenha lido, ou que a produção tenha adotado para servir de base para o livro do ponto (Halio p. 4).

6) Caso contrário, o tradutor, como diria Mérimée, "pode traduzir bem a linguagem, sem traduzir a peça" (citado em Pavis p. 140).

somente durante os trabalhos de ensaio constrói-se o significado de determinadas cenas, e mais, trechos ou momentos aparentemente obscuros na página, uma vez realizados por meio de relações de espaço e interação de personagens no palco, tornam-se mais claros (Gooch p. 18). Estamos, nessa concretização, bem próximos ao roteiro que levará ao "texto da performance", que "reúne uma gama de signos que se harmonizam com o texto escrito, estendendo-o no espaço" (Bassnett "Labyrinth" p. 94). O tradutor que tem ingerência nessa fase pode se envolver, simultaneamente, com as versões escrita e oral do texto e, assim como os atores testam sua performance diante do público, o tradutor pode contar com o retorno que para ele constitui o trabalho dos atores, pode verificar até que ponto seu 'instinto lingüístico' (e dramatúrgico) faz sentido para outras pessoas (Gooch p. 20). Com certeza, a "concretização dramatúrgica" traduzida — com seus cortes, adaptações, alterações, marcações, etc. — corresponde ao livro do ponto de uma peça original, que, igualmente, inclui e absorve o impacto dramatúrgico que determinada produção exercerá sobre o texto impresso.

Necessariamente, uma adaptação de T_2, T_1, e T_0, T_3 vem a ser a "concretização cênica" em si (Pavis pp. 141-42); trata-se da colocação de T_1 e T_2 sobre um espaço cênico. Em T_3, temos o texto da performance, temos o palco dominando o signo meramente lingüístico. Agora, a "situação de enunciação" é realizada, espetáculo após espetáculo, sob o impacto das diversas e dinâmicas relações estabelecidas entre signos textuais e dramáticos. Quase sempre, seja no caso do original, seja no caso da tradução, na concretização cênica, observa-se um enxugamento do texto dramático, na medida em que este pode prescindir de linguagem verbal cujo sentido se torna mais que evidente no contexto da enunciação, e.g., a supressão de pronomes pessoais e interrogativos desnecessários, ou a transformação de rubricas em ação. Por exemplo, tanto em dramaturgia original quanto em tradução, em lugar de escrever "quero que você ponha o chapéu naquela mesa", pode-se, no momento da concretização cênica, i.e., da definição do texto da performance, optar pela fala "põe ali", acompanhada de olhar e gesto correspondentes.

Pavis define T_4 como a "concretização através de recepção" do texto original traduzido (pp. 139, 142). Aqui temos o texto original em seu momento e destino de chegada, diante do espectador, que o recebe ao final de uma série de concretizações por, assim dizer, uma sucessão de traduções. Qualquer tentativa de abordar a questão da recepção do teatro de maneira sucinta corre o risco de reduzir as implicações culturais e antropológicas do fenômeno. Não resta dúvida, o assunto requer tratamento à parte. Para meus propósitos aqui, basta lembrar que, segundo as verificações da Teoria da Recepção aplicada ao teatro, o público, em última análise, estabelece o uso e o significado de T_0[7]. Embora ciente de que, a rigor,

7) Para um estudo aprofundado do assunto, vide obra de Susan Bennett, citada na bibliografia.

público de teatro não constitui massa homogênea, ao traduzir peças de Shakespeare, meu público-alvo não se limita a intelectuais e gente de teatro, mas inclui jovens e alunos de primeiro e segundo grau, que, possivelmente, sentir-se-iam desmotivados diante de certos entraves à comunicação, como, por exemplo, sofisticação lexical e sintática desnecessárias, excesso de hipérbatos etc. Em outras palavras, não traduzo apenas para acadêmicos.[8]

Mas que aplicações essa reflexão poderia trazer à tradução da dramaturgia shakespeariana? No verbete "*Shakespeare Translation*", constante da *Routledge Encyclopedia of Translation Studies*, Dirk Delabastita arrola o elenco de dificuldades técnicas a serem enfrentadas pelo tradutor de Shakespeare: célebres impasses de natureza textual (*textual cruces*); obscuras alusões culturais; arcaísmos e neologismos; eloqüente contraste entre léxicos anglo-saxônico e latinizado; densidade de imagens; metáforas; repetição deliberada; personificação; trocadilhos e jogos de palavras; ambigüidades e malapropismos; elipses e fragmentação em falas — para não mencionar a *bête noire*: a prosódia. Contudo, por mais marcantes e presentes que sejam tais problemas, valerá mais ao tradutor fazer-se ciente do que mistificado diante deles. Afinal, tais obstáculos não se aplicam apenas a Shakespeare, e, conforme nos lembra o próprio Delabastita, a superação de "problemas técnicos não constitui a razão precípua, nem o único propósito da tradução de Shakespeare". Na verdade,

> o entendimento e a avaliação de Shakespeare recaem sobre códigos textuais, culturais e ideológicos que são bastante independentes da barreira lingüística e que, portanto, costumam desafiar editores, críticos, diretores, adaptadores e outros falantes de língua inglesa que reescrevem Shakespeare, com muitos dos mesmos dilemas do tradutor. (p. 223)

Com certeza, o historicismo da tradução da dramaturgia shakespeariana revela que, até recentemente, tradutores têm se preocupado, sobremaneira, com questões lingüísticas do texto escrito, e com o verso. Traduzir peças de Shakespeare tem sido atividade afeta à "história da tradução de poesia, não de teatro" (Bassnett p. 106); em outras palavras, a dramaturgia tem sido abordada como *poesia* dramática e não como *drama* poético. Na tradução do teatro de Shakespeare, especialmente, no que Pavis chamaria de "concretização textual" (T_1), tradutores têm conferido verdadeira dimensão mítica ao aspecto lingüístico, retendo sobre o mesmo o foco de sua atenção, a questão da "encenabilidade (por mais controversa) permanecendo ausente.[9] E o mito do texto shakespeariano não é difícil de ser constatado. Como sabemos, os textos das peças do Bardo de Stratford-upon-Avon são por muitos apreendidos como valores absolutos, sendo as produções quase sempre medidas a

8) Peter Holland descorre sobre "acadêmicos" enquanto público de teatro (pp. 11-12).

9) Ainda que interessante, a controvérsia sobre encenabilidade e a existência do gesto subjacente ao texto dramático fogem ao escopo deste ensaio.

partir de noções abstratas e subjetivas de "fidelidade" que parecem funcionar a despeito de interpretação, cultura, geografia e história. As possibilidades de o texto original, canonizado, ter sido, na verdade, registrado a partir de uma oralização em palco, com base na memória de um ator ou espectador, ou de ter servido de "ponto de partida para atores exercerem sua experiência cênica" (Bassnett p. 103) costumam ser, erroneamente, descartadas.[10]

Contudo, há que se admitir, para muitos profissionais de teatro, o "texto sacrossanto" é uma fantasia. Na visão de Lawrence Boswell, por exemplo, as pessoas que montam um espetáculo se esforçam por contar uma história da maneira que melhor lhes convier e, para tal, "o texto é espancado, retorcido e revirado, de modo a se tornar aquilo que o grupo quer expressar" (p. 149). E como poderia deixar de ser assim? Não será o teatro culturalmente marcado? Qualquer pessoa de teatro que tenha trabalhado em mais de um país não terá constatado a grande diversidade de convenções de ensaio e performance, por exemplo, bem como as diferentes expectativas de um e outro público? (Bassnett p. 107).[11] A tradução de uma peça de Shakespeare, elaborada a partir da leitura e interpretação pessoal do tradutor, retextualizada em outro idioma, a ser recebida por uma cultura distante do original em relação a tempo e espaço, desestabiliza, radicalmente, o texto escrito original, possibilitando apropriação, nova inscrição cultural, contribuindo para a circulação e disseminação da peça e, ainda, para a complexidade de sua resolução cênica. Dennis Kennedy já demonstrou que o processo de questionamento de representações cênicas "autênticas" resultará em liberar, do texto, a performance. O texto da tradução, argumenta Kennedy, subverte a autoridade do texto original, tornando-o novo, revitalizado para diferentes produções, permitindo que o foco seja dirigido à expressão física, mais do que à verbal (pp. 133-46).

A rigor, traduzi *Antony and Cleopatra* e *Cymbeline: King of Britain* para serem publicadas, e não para serem encenadas em determinada produção teatral. Isso quer dizer que, *a princípio*, abordei os textos traduzidos como literatura dramática, mas procurei levar em conta o fato de que seriam, eventualmente, encenados. Admito, seguindo Bassnett, que procuro balizar-me mais pelas estruturas lingüísticas do que por uma performance abstrata e hipotética ("Labyrinth" p. 102). Contudo, mesmo

10) Comentando a respeito da força do mito do texto shakespeariano, Susan Bassnett afirma que, hoje em dia, é praticamente impossível para um diretor falante de língua inglesa livrar-se do que ela chama de "tirania do texto escrito shakespeariano", e relata a chiste apócrifa sobre o diretor de teatro do Leste Europeu que, ao acabar de assistir a uma produção britânica de uma peça de Shakespeare, teria dito: "Maravilhoso; agora falta todo o resto. Eles encenaram apenas o texto" (p. 88).

11) David Johnston relembra sua reação favorável à *La tempête*, dirigida por Peter Brook, em cuja montagem o fato da tradução passou a integrar a concepção do diretor. Utilizando um elenco multicultural para encenar o texto de Jean-Claude Carrière, Brook fez verbalizar sotaques que os parisienses associariam com populações carentes, destarte, trazendo aos dias de hoje a reflexão feita por Shakespeare na peça, no que toca ao uso e abuso do poder (p. 60).

trabalhando na concretização que Pavis chamaria "textual", isto é, construindo um texto dramático traduzido em seu momento mais "literário", preocupo-me com aspectos dramatúrgicos, com a situação de enunciação, e com a recepção, no que concerne a questões lexicais, bem como aspectos sonoros da linguagem e a inscrição cultural do texto em performance. Ao reescrever Shakespeare para um público distante do dramaturgo inglês em termos de tempo, espaço e cultura, fiz a opção por um léxico e por padrões de fala, espero, acessíveis ao público-alvo e inseridos na cultura de chegada: o Brasil no final do século XX e início do século XXI. E como léxico e padrões de fala estão em constante mutação, deduz-se a "necessidade especial de sucessivas traduções e da atualização de textos teatrais" (Bassnett "Labyrinth" p. 89).[12] Já foi apontado que Shakespeare se torna mais acessível em tradução, precisamente, porque o esforço de atualização do texto diante da nova situação de enunciação e inscrição cultural configura parte integrante do processo tradutório.[13]

No entanto, quero frisar que atualização não implica, necessariamente, domesticação.[14] Se, de um lado, o tradutor preocupado com o aspecto comunicativo evita arcaísmos desnecessários, de outro, convém evitar simplificações retóricas que emprestarão coerência a discurso, em Shakespeare, "coerentemente incoerente".[15] A título de ilustração, vejamos, em *Cimbeline*, ato 3, cena 2, o momento em que, sob grande emoção ao ler a carta de Póstumo chamando-a para Milford Haven (vale lembrar que o chamado constituirá, na prática, uma traição), e ansiosa para ir ao encontro do marido, Imogênia conclama — "Oh! Um cavalo alado!" — e, dirigindo-se a um Pisânio atônito, deixa escapar uma torrente de palavras, exaltações e indagações, muitas das quais ela mesma responde. Conforme costuma ocorrer em momentos psicológicos semelhantes em Shakespeare (e.g., em meio a tantos outros, o adeus de Cleópatra a Antônio, ato 1, cena 3), a "incoerência" do discurso de Imogênia é extremamente eloqüente ao expressar sua comoção diante da possibilidade de "voar" para Milford Haven, ao encontro do marido exilado.[16] Se

---

12) Em artigo publicado posteriormente (vide bibliografia), Bassnett chega a fixar a vida útil de uma tradução de texto teatral: em média, 25 anos (p. 111).

13) Jean-Michel Déprats recorre à noção de *Verjüngung* (rejuvenescimento) e *Auffrischung* (regeneração), em Goethe, para criticar o uso de arcaísmo na tradução shakespeariana (vide bibliografia). Tendo tratado a questão da atualização lexical no ensaio de introdução à minha tradução de *Antony and Cleopatra* (vide bibliografia), apresento aqui exemplos relativos a aspectos sonoros da linguagem e à inserção cultural.

14) Termo empregado por Lawrence Venuti, no livro *The Translator's Invisibilty* (1995), para descrever e criticar a estratégia de tradução que busca adotar um estilo fluente, transparente, com o intuito de minimizar o estrangeirismo do texto de partida.

15) Expressão usada por Graham Bradshaw, no contexto da dramaturgia shakespeariana em tradução, durante palestra intitulada "Shakespeare's Peculiarity", proferida no Shakespeare Institute, em Stratford-upon-Avon, em 24 de abril de 1997.

16 Externando, em vez de internalizar, grande emoção, Joanne Pearce enunciava essa fala em estilo operático, ao representar o papel de Imogênia, na montagem pela Royal Shakespeare Company, encenada no Royal Shakespeare Theatre, em Stratford-upon-Avon, na temporada de 1997, sob a direção de Adrian Noble.

um trecho como o aqui mencionado tiver sua sintaxe regularizada em tradução, com o propósito de facilitar-lhe a recepção, a meu ver, o impacto retórico e temático dos versos ficaria amortecido, comprometendo o efeito do momento dramático.

Mantendo o foco na complexa questão da recepção do texto dramático traduzido (T_4), vamos supor que os atores tenham dificuldade em representar falas cujas palavras traiam a expressão de determinados conteúdos, axioma que, mais uma vez, vale tanto para a dramaturgia original quanto para a traduzida. Como soam as palavras em uma fala, isoladamente e em conjunto? Alguns exemplos bastarão. Em *Antony and Cleopatra*, ato 1, cena 4, diante da chegada de mais um mensageiro do Egito, Lépido diz:

> ... *Here's more news.*[17]

A tradução literal — "Eis aqui mais notícias" — pode tornar-se, inadvertidamente, ambígua numa situação de enunciação brasileira, pois, por mais bem treinado que seja o ator, a proximidade sonora entre "mais" (*more*) e "más" fará com que muitos espectadores ouçam "Eis aqui más notícias", o que, embora condizente com o conteúdo das notícias, não é o que Shakespeare escreveu. Nessa perspectiva, "Eis aqui outras novas" seria uma alternativa aceitável.

Na cena seguinte, a quinta do primeiro ato, desejosa de enviar novas mensagens a Antônio, Cleópatra ordena a Charmian,

> ... *come, away, / Get me ink and paper.*

A alternativa — "Traz-me já papel e tinta" — será, sonoramente, inadmissível em português. Na formulação alternativa — "Traz-me papel e tinta" —, a perda do sentido imediato decorrente da omissão de "*away*" pode ser resgatada na situação de enunciação, com um gesto, por exemplo. Por motivo semelhante, o primeiro verso da célebre fala de Enobarbo "*The barge she sat in*" (2.2.201) jamais poderia ser traduzido como "o barco dela", muito menos "a barca dela".

Em *Cymbeline*, ato 5, cena 5, referindo-se à águia de Júpiter, Cecílio, pai de Póstumo, diz:

> *His royal bird*
> *Preens the immortal wing.*[18]

A forma literal — "Sua ave real" — não satisfaz, devido à elisão "suave". Aqui,

17) As citações de *Antony and Cleopatra* referem-se à edição Arden, as de *Antônio e Cleópatra*, à edição Mandarim (vide bibliografia).

18) As citações de *Cymbeline, King of Britain* referem-se à edição Oxford (vide bibliografia).

uma vez que o contexto esclarece o referente, o pronome possessivo será desnecessário: "A ave nobre penteia a asa imortal".

Em contrapartida, há momentos em que cacófatos são expressivos no original e, portanto, devem ser reproduzidos em tradução. Ainda em *Cimbeline*, no início do ato 2, cena 3, entram Clóten, infeliz por ter sido derrotado no jogo de dados, e dois nobres, prontos a dar seguimento ao escárnio que desde o início da peça dirigem ao príncipe tolo. Diz o Primeiro Nobre, em prosa:

Your lordship is the most patient man in loss, the most coldest that ever turned up ace.

Vários estudiosos apontam que, na cultura elisabetana, "*ace*" referia-se ao número um no jogo de dados, e não ao ás nas cartas (Furness pp. 125-26, Shewmaker p. 4, Nosworthy p. 53, Evans p. 1579). Contudo, para reproduzir o trocadilho inerente às palavras "*ace*" (ás) e "*ass*" (asno), tão expressivo ao reiterar a estupidez de Clóten, substituo o jogo de dados por jogo de cartas e recorro a um cacófato:

Vossa Senhoria sois o melhor dos perdedores, o mais frio a virar um ás no baralho.

Mais adiante, ato 4, cena 2, temos um dos momentos de maior impacto cênico em Shakespeare, quando Guidério, tendo morto o príncipe, segue a instrução da rubrica: "Sai [com a cabeça de Clóten]."[19] Belário e Arvirago permanecem em cena, o primeiro temendo represália, o segundo lamentando não ter sido o autor da execução. Pouco tempo depois, volta Guidério, e informa a Belário:

I have sent Cloten's clotpoll down the stream
In embassy to his mother.

As palavras "*Cloten's clotpoll*" além de sugerirem a pronúncia que o nome do filho da Rainha teria no inglês elisabetano (ó), encerram jogo de palavras que, mais uma vez, frisam a imbecilidade do príncipe morto, pois *clotpoll* conota, a um só tempo, "cabeça-de-pau; cabeça-dura, cabeça-oca" (*OED* v. 3 p. 356, minha tradução) e remete a uma noção escatológica, uma vez que *clot* também quer dizer "coágulo", no presente campo semântico, talvez, "sangue pisado". A tradução,

Fui enviar o coco oco de Clóten
Rio abaixo, em missão à sua mãe.

pretende reproduzir os efeitos das palavras de Arvirago em todos esses níveis,

19) O Fólio de 1623 registra apenas "Sai"; a interpolação seria de Gary Taylor, editor do texto publicado na Oxford Compact Edition, como vimos, versão por mim adotada na tradução.

para não mencionar a enunciação do quê, vulgarmente, se imaginaria conter a cabeça de Clóten...

Além de questões eufônicas, exacerbadas na situação de enunciação, o tradutor de um texto teatral que se preocupa com a recepção e a inserção do mesmo em um contexto cultural específico evita formulações que possam causar ao público-alvo estranheza desnecessária, não correspondente ao texto original. Em *Antônio e Cleópatra*, por exemplo, ato 4, cena 14, dirigindo-se a Eros, Antônio alude à literatura clássica para afirmar a grandeza de uma contingente marcha triunfal ao lado de Cleópatra:

> *Dido and her Aeneas shall want troops,*
> *And all the haunt be ours.*

Traduzir literalmente — "Dido e seu Enéas, ficam sem cortejo" — é tornar o verso risível no palco brasileiro, pois, como sabemos, em discurso demótico oral, "seu" anteposto a nome próprio será pronome de tratamento. O simples deslocamento do possessivo no verso parece resolver o problema: "Dido e Enéas ficarão sem seu cortejo" (p. 283).

Ainda com respeito à inserção do texto traduzido na cultura de chegada, vejamos, em *Cymbeline*, ato 5, cena 5, o momento em que Póstumo, em situação que faz lembrar as supostas preces de Cláudio em *Hamlet*, implora aos deuses que lhe tragam remorso, para que possa se livrar do sentimento de culpa:

> *... give me*
> *The penitent instrument to pick that bolt,*
> *Then free for ever.*

Traduzir, ingenuamente, "*free for ever*" como "sempre livre" seria, talvez, ignorar loquaz referência cultural na recepção do verso, decerto, provocando riso em parte do público brasileiro para quem "Sempre Livre" está sempre presente na mídia, como marca líder de absorventes femininos.

Conforme ilustrado, já no primeiro nível de concretização, isto é, em uma primeira (re)textualização, a tradução de/para teatro que visa à performance procura considerar tanto a oralidade, ou seja, a situação de enunciação, quanto aspectos dramatúrgicos, ou seja, a resolução cênica, e, ainda, a inserção cultural do texto traduzido. Para Pavis, a série de concretizações, ou traduções intermediárias, caracterizam o processo de apropriação da cultura de partida por parte da cultura de chegada. Precisamente, esse aspecto oral, performático, através do qual, parafraseando os versos de Dickinson em epígrafe, as palavras tornam-se vivas, vai determinar a especificidade da tradução de/para teatro, tornando impossível o tratamento de textos dramáticos como escritos apenas para serem lidos. Sem dúvida, o texto escrito será a matéria-prima, o ponto de partida, e, portanto, especialmente na primeira concretização (T_1), considerações lingüísticas serão básicas. Contudo, o texto lingüístico, ainda que fundamental, será apenas um dos elementos da performance, fato conhecido tanto por estudiosos da semiótica quanto por encenadores de teatro, e fato que tradutores de/para teatro podem atestar.

Concluindo, reitero: *mutatis mutandis*, o que aqui escrevo a respeito da especificidade do texto dramático se aplica tanto à composição original quanto à tradução, com duas diferenças fundamentais: a primeira, o fato de que, na dramaturgia original, decisões básicas (estrutura, enredo, personagens, conflito, *denouement* etc.) já terão sido tomadas pelo autor; a segunda, conseqüência da primeira: o fato de que tradutores de/para teatro estão limitados a um meio de expressão no qual podem apenas recriar, e não gerar. Para Anthony Vivis, tradutor teatral, a primeira diferença encerra uma certa "liberdade", a segunda, uma "responsabilidade" (p. 39). Para John Clifford, dramaturgo, ator e tradutor, "o trabalho de tradução [teatral] será, basicamente, criativo; sentir com os personagens, tornar-se os personagens. E ouvir o que têm a dizer" (p. 266). A noção de que *traduzir* para teatro é *escrever* para teatro ilude em sua simplicidade. Além das conseqüências concretas que tal constatação possa ter sobre os procedimentos de trabalho e mesmo sobre a psicologia do tradutor teatral, ela permite uma valiosa — e liberalizante — inferência: o texto dramático original não tem por que ser colocado em posição hierarquicamente superior ao traduzido. Já é tempo de se aceitar o texto dramático traduzido, em toda sua especificidade, em sua nova inscrição cultural, como algo que, de fato, ele constitui: um novo original.

Conforme ocorreu na tradução *Antônio e Cleópatra*, instituições e, principalmente, pessoas apoiaram-me neste *Cimbeline, Rei da Britânia*. Os primeiros passos da jornada tradutória foram dados durante programa de pós-doutoramento que cumpri, como bolsista da CAPES, e como Honorary Research Fellow, junto ao Shakespeare Institute, em Stratford-upon-Avon, de fevereiro de 1997 a janeiro de 1998. No Instituto, tive em John Jowett interlocutor acessível e rigoroso. Ainda em Stratford, Damian Lewis, que atuou como Póstumo na montagem de *Cymbeline* dirigida por Adrian Noble e encenada pela Royal Shakespeare Company, na temporada de 1997, prestou-me depoimento contundente e esclarecedor sobre seu papel e suas falas na referida produção da peça. No Brasil, minha pesquisa segue contando com o apoio do CNPq, da Universidade Federal de Santa Catarina, do Conselho Britânico e do Centro de Estudos Shakespearianos. No Centro, além do aporte de Aimara da Cunha Resende e John Milton, revisores sempre inspirados e atentos, tenho contado com Marlene Soares dos Santos, idealizadora deste projeto de traduções anotadas da dramaturgia shakespeariana e autora dos excelentes ensaios de introdução de *Antônio e Cleópatra* (1997) e, agora, de *Cimbeline.* Maria Lúcia Vasconcellos leu este ensaio e muito contribuiu. No âmbito familiar, contei, novamente, com as leituras cuidadosas de Marta e Hermínio. Mais uma vez, aos citados — e aos não citados — muito devo pela eventual qualidade deste trabalho; mais uma vez, as imperfeições são de minha responsabilidade.

CIMBELINE, REI DA BRITÂNIA[*]

* Em primeiro lugar cabe um importante esclarecimento: o texto-fonte utilizado nesta tradução é o que consta da edição *Oxford Shakespeare: The Complete Works*, organizada por Stanley Wells, Gary Taylor *et al.*, Oxford: Clarendon Press, 1994, pp. 1.131-65. Segundo informações do Professor Wells, na referida coletânea Oxford, o texto de *Cymbeline, King of Britain* foi editado por Gary Taylor.

A tradução do topônimo no título apresenta questão interessante. A rigor, traduzir *Britain* por "Bretanha" não seria errado. No entanto, preocupado com a recepção do texto traduzido, prefiro "Britânia". Em seis dicionários consultados, etimológicos e enciclopédicos, em edições brasileiras e portuguesas, publicados entre o início dos anos sessenta e meados dos anos noventa, constatei que "Bretanha", parafraseando, é província a noroeste da França ou tecido fino, de linho ou algodão, proveniente dessa região. Além disso, para muitos leitores ou espectadores, "Bretanha" remete à "Grã-Bretanha", entidade política que só viria a existir a partir de 1707, com a união da Inglaterra, Escócia e País de Gales (Oakland, p. 47). Falar em Grã-Bretanha, ou mesmo em Inglaterra, no primeiro século da era cristã (período em que transcorre a ação em *Cimbeline*) seria um disparate. Novamente, na opção por "Britânia", denominação antiga da atual Inglaterra, pretendo evitar confusões.

PERSONAGENS[1]

CIMBELINE, Rei da Britânia
Princesa IMOGÊNIA,[2] filha do Rei; assumirá disfarce como homem, Fidélio

GUIDÉRIO, conhecido como Polidoro } filhos de Cimbeline,
ARVIRAGO, conhecido como Cadval } raptados por Belário

RAINHA, esposa de Cimbeline, madrasta de Imogênia
Lorde CLÓTEN, filho da Rainha

BELÁRIO, lorde banido, conhecido como Morgan
CORNÉLIO, um médico
HELENA, dama de companhia de Imogênia
Dois NOBRES, acompanhantes de Clóten
Dois CAVALHEIROS
Dois CAPITÃES Britanos
Dois CARCEREIROS

1) O *Primeiro fólio*, publicado em 1623 (doravante identificado como "Fólio" ou "F1"), onde a peça consta do sumário sob o título *Cymbeline, King of Britaine* e do cabeçalho da primeira página do texto sob o título *The Tragedie of Cymbeline* (p. 877), não apresenta lista de personagens. Nicholas Rowe (1709) seria o primeiro editor a inserir uma lista de *dramatis personae*.

2) Vários estudiosos comentam que a forma ***Imogen***, a mais freqüente nas edições modernas do texto da peça, seria um equívoco tipográfico no Fólio (vide Nosworthy p. 7; Taylor & Wells p. 604; Warren p. viii). Decerto, a forma encontrada em Holinshed, na seção da qual Shakespeare retirou dados para a peça, é ***Innogen***, esposa de Bruto e lendária primeira rainha da Britânia. Além disso, o Dr. Simon Forman, astrólogo que registrou comentários após assistir a uma produção de *Cymbeline* em 1611, provavelmente no teatro Globe, refere-se à personagem da filha do Rei, duas vezes, como ***Innogen*** (vide Schoenbaum, *Documentary Life*, p. 215). Com efeito, na edição Oxford, Taylor emenda o Fólio, adotando ***Innogen***. No entanto, para evitar em português a cacofonia flagrante da forma ***Inogênia,*** tomo aqui a liberdade, infreqüente, de não seguir Taylor, empregando **Imogênia**, tradução da forma original do Fólio.

PÓSTUMO Leonato, cavalheiro pobre, marido de Imogênia
PISÂNIO, criado de Póstumo
FILÁRIO, amigo de Póstumo

GIÁCOMO, um italiano
Um FRANCÊS
Um HOLANDÊS
Um ESPANHOL

} amigos de Filário

Caio LÚCIO, embaixador de Roma; atuará como general das forças romanas
Dois SENADORES romanos
TRIBUNOS romanos
Um CAPITÃO romano
Filarmônio, um ADIVINHO
JÚPITER
Espectro de CECÍLIO Leonato, pai de Póstumo
Espectro da MÃE de Póstumo
Espectros dos IRMÃOS de Póstumo

Nobres do séquito de Cimbeline, damas de companhia da Rainha, músicos de Clóten, mensageiros e soldados.

ATO I

1.1[1] *Entram dois Cavalheiros*

PRIMEIRO CAVALHEIRO

Por aqui só se vê cara amarrada.
Nossos fluídos não seguem tanto o astral
Quanto nossos fidalgos o ar do Rei.

SEGUNDO CAVALHEIRO

Mas qual é o problema?

PRIMEIRO CAVALHEIRO

A princesa,
Sucessora do reino, prometida
Por ele ao filho único da esposa
— Viúva que ele há pouco desposou —
Foi entregar-se a um pobre, embora digno,
Cavalheiro. Casou-se, seu marido
Foi banido, ela, presa. Por aqui
Todos parecem tristes, mas o Rei,
Creio eu, ficou de coração partido.

SEGUNDO CAVALHEIRO

Somente o Rei?

PRIMEIRO CAVALHEIRO

Também o que a perdeu.
E a Rainha, que tanto quis o enlace.
Mas não há cortesão — embora todos
Pautem os seus semblantes no do Rei —
Cujo coração não fique feliz
Com o que seu olhar vai reprovar.

---

1) No Fólio, o texto da peça contém divisão em atos e cenas. Taylor nem sempre segue o Fólio. Contudo, por questão de rigor metodológico, sigo Taylor. Local: Britânia, palácio de Cimbeline. Em conformidade com o Fólio, Taylor não inclui designação de local no início de cada cena. As rubricas de locais anotadas aqui seguem Evans, no *Riverside Shakespeare*.

SEGUNDO CAVALHEIRO

Por quê?

PRIMEIRO CAVALHEIRO

O que não pôde conquistar
A princesa é tão ruim que escapa à fama,
E o que a possui — isto é, a desposou —
Ai! Que homem bom! Por isso, foi banido! —
É tal criatura que, se procurarmos
Nas regiões da Terra alguém como ele,
Esse alguém ainda lhe deveria algo.
Homem melhor dotado de beleza
Exterior e de estofo não existe.

SEGUNDO CAVALHEIRO

Tu o estás colocando nas alturas!

PRIMEIRO CAVALHEIRO

Elevo-o, senhor, segundo seu mérito;
Comprimo-o, em lugar de descrevê-lo
Na dimensão devida.

SEGUNDO CAVALHEIRO

Nome e origem?[2]

PRIMEIRO CAVALHEIRO

Não seria capaz de ir-lhe às raízes.
O nome de seu pai era Cecílio;
Junto a Cassibelano, contra Roma,
Lutou, mas de Tenâncio,[3] a quem com glória
E sucesso serviu, vieram-lhe os títulos,
Bem como o sobrenome 'Leonato'.
Além do cavalheiro ora em questão,

---

2) Aqui, e em diversos outros momentos ao longo desta tradução, abro mão de literalidade, confiante na força expressiva do que Patrice Pavis chama "situação de enunciação", prevalecente no texto dramático e teatral (pp. 136-59)

3) Tenâncio (ou Teomâncio), filho mais jovem do Rei Lud e pai de Cimbeline, segundo Holinshed (v.1, pp. 478-79), sucede ao trono, após a morte de Cassibelano. Shakespeare recorreu, diga-se, com liberalidade, aos relatos de Raphael Holinshed para obter detalhes dos reinados de Cassibelano e Cimbeline (Davis & Frankforter, p. 478).

Ele teve outros dois filhos que em guerras
Morreram, empunhando suas espadas,
E o pai, então idoso e embevecido
Com os filhos, ficou tão desgostoso
Que desistiu da vida, e a boa esposa,
Grávida do fidalgo, nosso assunto,
Faleceu ao pari-lo. O Rei assume
A guarda da criança, dá-lhe o nome
De Póstumo Leonato e, ao criá-lo,
Faz dele camareiro e lhe ministra
Toda instrução que o tempo permitia,
Ao que ele recebeu tal quem quer ar,
Tão logo ministrado; a colheita
Veio na primavera. Viveu Póstumo
Na corte — coisa rara — elogiado,
Querido, para os jovens um exemplo,
Para os já mais maduros um espelho,
E para os veneráveis a criança
Que conduz um idoso. Quanto à esposa,
Por quem se encontra agora ele banido,
O preço pago é prova da afeição
Que nutria por ele e sua virtude.
Na escolha que ela fez pode-se ver
O tipo de homem que é.

SEGUNDO CAVALHEIRO

Já o respeito,
Só pelo teu relato. Por favor,
Diz-me, o Rei tem apenas esta filha?

PRIMEIRO CAVALHEIRO

Sua única filha. Também teve
Dois filhos — se o assunto te interessa,
Ouve bem: o mais velho, com três anos,
E o outro ainda de fraldas, de seu quarto
Foram raptados; não se tem notícia,
Até hoje, do rumo que tomaram.

SEGUNDO CAVALHEIRO

Faz quanto tempo que isso aconteceu?

PRIMEIRO CAVALHEIRO

Mais ou menos vinte anos.

SEGUNDO CAVALHEIRO

É incrível,
Que os filhos de um Rei possam ser roubados,
Mal vigiados, e as buscas tão morosas,
Sem tê-los rastreado!

PRIMEIRO CAVALHEIRO

Por estranho
Que pareça, ou até mesmo risível,
A negligência é, senhor, verdade.

SEGUNDO CAVALHEIRO

Acredito piamente no que dizes.

Entram a Rainha, Póstumo e Imogênia[4]

PRIMEIRO CAVALHEIRO

Vamos nos retirar. O cavalheiro,
A Rainha e a princesa vêm chegando.

Saem os dois Cavalheiros

RAINHA

Não, podes ter certeza, minha filha,
Tu não confirmarás comigo a fama
Das madrastas; não vejo com maus olhos.
És minha prisioneira; todavia,
O teu carcereiro há de te entregar
As chaves que te trancam. Quanto a ti,
Póstumo, logo que eu possa dobrar
O irado Rei, serei, abertamente,
Tua advogada. Podes estar certo,
Ainda o fogo da cólera o consome;

---

4) Seguindo o Fólio, Furness (p. 19) e Nosworthy (p. 7) assinalam aqui o início da segunda cena. Já Maxwell (p. 5), Evans (p. 1570) e Taylor (p. 1133) ignoram a marcação original do Fólio e prosseguem sem interrupção. Taylor justifica-se, alegando não haver necessidade de divisão de cena uma vez que não há alteração de tempo e/ou lugar (*Textual Companion*, p. 605).

Convém obedeceres a sentença
Com a resignação que teu juízo
Possa ditar.

PÓSTUMO

Pois não, vou-me hoje, Alteza.

RAINHA

Conheces o perigo. Uma volta
Darei pelo jardim, pois faz-me doer
Vosso amor proibido, embora o Rei
Ordenasse que vós não conversásseis.

Sai

IMOGÊNIA

Oh! Bondade fingida! Como sabe
A tirana morder e então soprar!
Caríssimo marido, tenho um pouco
De receio da raiva de meu pai,
Mas nada — exceto sempre o dever sacro —
Temo o que em mim sua fúria causará.
Deves partir; aqui enfrentarei
A toda hora olhares carrancudos,
Vivendo do consolo que no mundo
Há uma jóia que eu posso rever.

PÓSTUMO

Ó minha soberana, minha amada!
Dama, não chores mais, ou darei causa
De suspeitarem ter eu mais ternura
Do que convém a um homem. Aos meus votos
Serei o mais leal entre os esposos.
Em Roma vou morar com um Filário,
Amigo de meu pai, e que conheço
Só por cartas; escreve para lá,
Minha Rainha; beberei com os olhos
As palavras que enviares, muito embora
Tinta seja de fel.

Entra a Rainha

RAINHA

Breves sejais,
Eu vos peço. Se o Rei chegar, não sei
Quanto eu incorreria em desagrado.
[À parte][5]
Eu mesma vou trazê-lo até aqui.
Sempre que um mal lhe faço, ao reatarmos,
Ele acaba comprando os meus agravos;
Pelas minhas ofensas paga caro.

[Sai]

PÓSTUMO

Se nossa despedida demorasse
O tempo que nos resta p'ra viver,[6]
A minha relutância em partir
Aumentaria. Adeus.

IMOGÊNIA

Não, fica mais.
Se estivesses saindo p'ra passear
A cavalo, este adeus seria banal.
Olha aqui, meu amor: este brilhante
Era de minha mãe. Fica com ele,
Coração;
[Oferece-lhe um anel]
guarda-o bem, para agradares
A outra quando Imogênia estiver morta.

PÓSTUMO

Mas, o quê? O quê? Outra? Ó bons deuses,
Guardai-me esta, que é minha, e meus abraços
Isolai de uma outra com mortalha!

---

5) Esclareço que rubricas inseridas em colchetes na tradução — mesmo quando não hajam colchetes correspondentes no original — assim aparecem destacadas por não constarem do texto do Fólio, sendo, portanto, fruto de interpolação editorial.

6) Aqui, e em outros momentos desta tradução, valho-me da "situação de enunciação" (especificamente na pronúncia "p'ra") como garantia do decassílabo.

Fica, fica em meu dedo,

[Coloca o anel]

enquanto nele
Existir sensação; Ó doce, bela,
Assim como troquei minha pessoa,
Tão pobre, pela tua, no que sofreste
Uma perda infinita, em nossas trocas
Sempre saio ganhando. Aceita isto
Em meu nome.

[Oferece-lhe uma pulseira]

É uma algema de amor,
Que ponho na mais bela prisioneira.

IMOGÊNIA

Ó, bons deuses! Mas quando nos veremos?

Entram Cimbeline e Nobres

PÓSTUMO

Ai de mim! Eis o Rei!

CIMBELINE

Coisa ruim, sai já da minha vista!
Se depois desta ordem, estorvares
Minha corte com tua indignidade,
Estarás morto. Fora! És veneno
No meu sangue.

PÓSTUMO

Que os deuses vos protejam,
E abençoem os bons que nesta corte
Permanecem! Já vou.

Sai

IMOGÊNIA

Não pode a dor da morte ser maior.

CIMBELINE

Coisa desleal! Tu que deverias

Renovar-me a juventude, me fazes
Envelhecer um ano.

IMOGÊNIA

Eu vos rogo,
Senhor, com essa vossa irritação
A vós não façais mal. Estou imune
À vossa ira. Uma dor mais singular
Derrota quaisquer mágoas e temores.[7]

CIMBELINE

E vence a obediência e a graça...

IMOGÊNIA

E vence a esperança, em desespero:
Portanto, vence a graça.

CIMBELINE

Com o único filho da Rainha
Terias te casado!

IMOGÊNIA

Oh! Bendita,
Que tal coisa não fiz! Escolhi a águia
E evitei o abutre.

CIMBELINE

Desposaste um mendigo; tu pretendes
Tornar meu trono um antro de baixeza.

IMOGÊNIA

Não, ao contrário, brilho acrescentei-lhe.

CIMBELINE

Oh! Criatura vil!

IMOGÊNIA

Senhor, se eu amo

---

7) Trata-se, obviamente, da perda de Póstumo.

Póstumo, a culpa é vossa. Vós o criastes
Como meu companheiro de folguedos,
E de qualquer mulher é homem digno;
Com o que paga compra-me bem caro.[8]

CIMBELINE
O quê! Tu estás louca?

IMOGÊNIA
Senhor, quase.
Valha-me o céu! Quisera eu ser filha
De um simples boiadeiro e meu Leonato
Filho de algum pastor da vizinhança.

Entra a Rainha

CIMBELINE
Sua tola.
[Dirigindo-se à Rainha]
Estavam juntos novamente;
Tu não obedeceste a minha ordem.
[Dirigindo-se aos Nobres]
Fora daqui com ela; encarcerai-a.

RAINHA
Tem paciência e calma, por favor,
Querida filha, calma. Caro Rei,
Deixa-nos um momento, e vai buscar
Algum consolo em teu próprio bom senso.

CIMBELINE
Não, ela que definhe, e vá perdendo
Uma gota de sangue a cada dia,
E, velha, morra dessa sua loucura.

Sai [acompanhado dos Nobres]

---

8) Para Póstumo, Imogênia "custa-lhe" o exílio.

RAINHA

Ora! Deves ceder!

Entra Pisânio

Eis teu criado.

E então, senhor, que há? As novidades?

PISÂNIO

Vosso filho sacou contra meu amo.

RAINHA

Oh! Nada grave, espero, aconteceu?

PISÂNIO

Teria acontecido, mas meu amo
Ao invés de lutar, brincou, e não
Teve da cólera qualquer ajuda.[9]
Cavalheiros que perto se encontravam
Correram a apartá-los.

RAINHA

Felizmente!

IMOGÊNIA

Vosso filho é aliado de meu pai.
Faz bem o seu papel, sacando a espada
Contra um banido — Ó homem valente!
Quisera vê-los frente à frente na África,
E eu com uma agulha, para espetar
Quem fugisse.[10]

[Dirigindo-se a Pisânio]

Por que deixaste o amo?

PISÂNIO

Porque ele assim o quis. Não permitiu
Que até o porto eu o acompanhasse,

---

9) Nosworthy comenta que, presumivelmente, Póstumo estaria por demais melancólico com a separação de Imogênia, para lutar com ódio (p. 12).

10) Nosworthy (p. 12) e Maxwell (p. 139) esclarecem que a noção de um embate decisivo em local deserto, sem haver quem pudesse apartar os combatentes, está presente em outras peças de Shakespeare.

E deixou estas notas, com as ordens
Que devo obedecer, quando quiserdes.

RAINHA
Eis teu fiel criado. Ouso apostar
Minha honra que ele assim sempre será.

PISÂNIO
Sou grato a Vossa Alteza, humildemente.

RAINHA
Vou caminhar um pouco.

[Sai]

IMOGÊNIA
Em meia hora,
Por favor, vem comigo ter. Ao menos,
Deves acompanhar o salvo embarque
De meu senhor. Agora vai, me deixa.

Saem, separadamente

1.2[11] *Entram Clóten e dois Nobres*

PRIMEIRO NOBRE
Senhor, eu vos aconselharia a trocar de camisa. O calor dos movimentos vos faz feder como um sacrifício. Quando sai ar, entra ar. Na atmosfera não existe ar mais salubre quanto o que exalais.[12]

CLÓTEN
Se minha camisa estivesse ensangüentada, eu a trocaria. Cheguei a feri-lo?

SEGUNDO NOBRE *[À parte]*
Não, com certeza, nem mesmo sua paciência.

11) Local: Britânia: palácio de Cimbeline.
12) Considerando a comicidade da cena, convencionalmente em prosa e rica em apartes, a ironia do Segundo Nobre beira o sarcasmo.

PRIMEIRO NOBRE

Feri-lo? Se não estiver ferido, é porque tem a carcaça transpassável. Se não estiver ferido, ele é avenida para aço.

SEGUNDO NOBRE *[À parte]*

A espada dele estava endividada — preferiu as ruelas no limite da cidade.[13]

CLÓTEN

O bandido não quis me enfrentar.

SEGUNDO NOBRE *[À parte]*

Não, fugia sempre para a frente, na direção da vossa cara.

PRIMEIRO NOBRE

Enfrentar-vos? Tendes muita terra, mas ele aumentou vossas propriedades, cedendo-vos terreno.

SEGUNDO NOBRE *[À parte]*

Em tantos centímetros quantos oceanos possuís.[14] Imbecis![15]

CLÓTEN

Eu queria que não nos houvessem impedido.

SEGUNDO NOBRE *[À parte]*

Eu também, até que pudésseis medir no solo a que distância chega a vossa imbecilidade.

CLÓTEN

Como pode ela amar aquele sujeito e rejeitar a mim!

SEGUNDO NOBRE *[À parte]*

Se for pecado escolher o verdadeiro eleito, ela está condenada.[16]

---

13) Evans esclarece que a espada de Clóten se comportou como um homem endividado que transita por ruelas, evitando ser visto na via principal, isto é, segundo a fala anterior, a "avenida" que seria o corpo de Póstumo (p. 1.572).

14) Ou seja, nenhum.

15) Sem dúvida, o Primeiro Nobre é apresentado como um adulador, um tolo comparável a Clóten, explicando o sentido plural da observação feita pelo Segundo Nobre.

16) Furness (p. 35), Nosworthy (p. 14), Maxwell (p. 140) e Evans (p. 1572) identificam aqui alusão, no presente contexto, cômica, à doutrina calvinista da "eleição divina".

PRIMEIRO NOBRE

Senhor, conforme sempre vos digo, a beleza e o cérebro dela não estão no mesmo nível. É uma bela estrela, mas sua inteligência brilha pouco.

SEGUNDO NOBRE *[À parte]*

Não brilha sobre tolos, com receio de que o reflexo a prejudique.

CLÓTEN

Vinde comigo; irei para meus aposentos. Eu queria que tivesse acontecido alguma desgraça.

SEGUNDO NOBRE *[À parte]*

Eu não, a menos que se tratasse da queda de um asno, que não é lá grande desgraça.

CLÓTEN *[Dirigindo-se ao Segundo Nobre]*

Não vens conosco?

PRIMEIRO NOBRE

Eu acompanho Vossa Excelência.

CLÓTEN

Ora, vamos, vamos embora juntos.

SEGUNDO NOBRE

Está bem, meu senhor.

Saem

1.3[17] *Entram Imogênia e Pisânio*

IMOGÊNIA

Gostaria que tu te enraizasses
Nas margens lá do porto a interrogar
Cada navio. Se ele me escrever
E a carta não chegar, é qual perder
O papel que oferece a alguém clemência.
Que palavras finais te dirigiu?

17) Local: Britânia, palácio de Cimbeline.

PISÂNIO

Duas vezes falou, "minha rainha!"

IMOGÊNIA

Acenou com o lenço?

PISÂNIO

E o beijou, ama.

IMOGÊNIA

Linho insensível, mais feliz do que eu!
E isso foi tudo?

PISÂNIO

Não, senhora. Enquanto
Percebeu que com este olho e este ouvido
Eu podia dos outros distingui-lo,
Ficou no tombadilho, o tempo todo
Acenando, com luva, chapéu, lenço,
Em sua agitação mental, tentando
Melhor exprimir quão lenta seguia
Sua alma, e quão veloz o seu navio.

IMOGÊNIA

Tu deverias ter ficado olhando
Até que pequenino como um corvo,
Ou ainda menor, ele ficasse.

PISÂNIO

Foi o que fiz, senhora.

IMOGÊNIA

Porém, eu
Teria rompido os nervos dos meus olhos,[18]
Só para vê-lo até que o reduzisse
A distância à finura de uma agulha;
Não tiraria os olhos dele até

18) Furness (p. 39), Nosworthy (p. 16) e Evans (p. 1572) registram a crença, corrente à época, de que os músculos, nervos ou tendões da vista rompiam-se em decorrência de grande esforço e na morte.

Que tivesse sumido no ar, depois
De ficar do tamanho de um mosquito;
Então, desviaria o meu olhar
E choraria. Pisânio, meu bom homem,
Quando havemos de ter notícias dele?

PISÂNIO

Senhora, estejais certa, tão logo ele
Tenha oportunidade.

IMOGÊNIA

Não me despedi dele, mas eu tinha
Muitas coisas bonitas a dizer.
Pois antes que eu pudesse lhe falar
Que nele pensaria em certas horas,
Com tais e tais lembranças, ou fazê-lo
Jurar que elas na Itália não iriam
Trair meu interesse e sua honra,
Ou instá-lo, às seis horas da manhã,
Ao meio-dia, à meia-noite, a unir
Suas preces às minhas — nestas horas
Estou no céu por ele — ou antes mesmo
Que pudesse lhe dar o último beijo,
Entre duas palavras encantadas,[19]
Eis que surge meu pai, vento tirano
Do norte, e ao chão sacode nossos brotos.

Entra uma Dama de Companhia

DAMA

A Rainha deseja a companhia
De Vossa Alteza.

IMOGÊNIA

[Dirigindo-se a Pisânio]

Faz o que eu mandei.
Vou ter com a Rainha.

---

19) Nosworthy comenta que "palavras encantadas" teriam o poder de proteger Póstumo do mal (para Furness, citando Collier, protegê-lo das "elas" na Itália). O beijo de despedida é visto como uma pedra preciosa incrustada em uma jóia (p. 17).

PISÂNIO

Sim, senhora.

Saem
[Imogênia e a Dama por uma porta, Pisânio por outra]

1.4[20] *[Uma mesa é trazida, com um repasto.] Entram Filário, Giácomo, um Francês, um Holandês e um Espanhol.*

GIÁCOMO

Podes acreditar, senhor, eu o vi na Britânia. Gozava de crescente reputação, e a expectativa geral era de que justificaria o nome que lhe fora concedido. Eu, porém, o teria visto sem qualquer admiração, mesmo que seus dons fossem arrolados em uma lista, e esta colocada a seu lado, para que eu pudesse examiná-la item a item.

FILÁRIO

Falas de uma época em que ele estava menos dotado que agora das características internas e externas que o constituem.

FRANCÊS

Eu o vi na França. Tínhamos muitos homens por lá capazes de fitar o sol como ele o faz.[21]

GIÁCOMO

Esse casamento dele com a filha do Rei, que o faz ser considerado mais de acordo com o valor dela que o dele, traz-lhe renome, sem dúvida, bem longe da verdade.

FRANCÊS

E, depois, o exílio.

GIÁCOMO

Sim, e a aprovação dos que, envergando as cores dela, lamentam a triste separação contribui maravilhas para elevá-lo e para fortalecê-la em sua escolha,

---

20) Local: Roma, casa de Filário.

21) Nosworthy (p. 19), Maxwell (p. 142) e Evans (p. 1573) comentam ser essa a prerrogativa da águia. Convém lembrar que Imogênia já afirmou a seu pai ter escolhido a "águia" (Póstumo), em lugar do "abutre" (Clóten).

pois qualquer ataque poderia arrasá-la, por ter aceito um mendigo, um desqualificado. Mas a troco de que ele estaria morando contigo? Como surgiu tal conhecimento?

FILÁRIO

Servimos juntos, o pai dele e eu, e a seu pai devo nada menos que a vida.

Entra Póstumo

Aí vem o britano. Recebei-o como convém a cavalheiros de vossa educação tratar um estrangeiro de qualidade. Eu vos peço, travai conhecimento com esse cavalheiro, que vos apresento como nobre amigo meu. Deixarei que seu valor se revele com o tempo, em vez de de falar em sua presença.

FRANCÊS

[Dirigindo-se a Póstumo]

Senhor, nós nos conhecemos em Orleães.

PÓSTUMO

Desde então, fiquei sendo vosso devedor, por cortesias que jamais conseguirei retribuir à altura.

FRANCÊS

Senhor, exagerais minha pobre gentileza. Fiquei feliz em reconciliar-vos com meu compatriota. Teria sido uma pena vê-los duelar, com a determinação mortal que cada um exibia, por algo de natureza tão fútil, tão trivial.

PÓSTUMO

Concordareis, senhor, que eu era então um jovem viajante, e preferia discordar do que ouvia, a parecer guiado pela experiência dos outros; porém, agora que tenho o juízo amadurecido — espero não vos ofender ao dizer-me de juízo maduro — afirmo que minha rixa não era em nada fútil.

FRANCÊS

Mas era sim, para chegar ao ponto de ser submetida ao arbítrio das espadas, e logo por dois indivíduos que, com toda certeza, teriam dado cabo de um ou de outro, ou mesmo ambos sucumbido.

GIÁCOMO

Pode-se perguntar, com todo respeito, qual o motivo da diferença?

FRANCÊS

Seguramente, creio eu. Foi uma disputa pública, que, sem objeção, pode ser relatada. Uma situação bem parecida com o debate de ontem à noite, em que cada um de nós se pôs a rasgar elogios às mulheres de nossos países; este cavalheiro, naquela ocasião, jurava — dando o sangue como garantia — ser a sua amada mais bela, virtuosa, sábia, pura, fiel, prendada e menos suscetível à tentação do que a mais rara de nossas damas na França.

GIÁCOMO

Ou essa dama já não vive, ou a opinião deste cavalheiro já terá mudado.

PÓSTUMO

Ela mantém a virtude, e eu, minha opinião.

GIÁCOMO

Não deveis recomendá-la tanto mais assim que as nossas italianas.

PÓSTUMO

Se fosse provocado tanto quanto fui na França, em nada a diminuiria, embora me confesse seu adorador, não amante.

GIÁCOMO

Tão bela e tão virtuosa — comparação bem-casada — teria sido dizê-la bela demais e virtuosa demais para qualquer dama na Britânia. Se ela superasse outras que conheci — assim como este vosso brilhante brilha mais do que muitos que já vi — eu acreditaria que ela superasse muitas; mas ainda não vi o mais precioso brilhante, nem vós, a dama.

PÓSTUMO

Elogiei-a de acordo com o valor que lhe dou; tal como faço com minha pedra.

GIÁCOMO

Em quanto a avaliais?

PÓSTUMO

Em mais do que tudo que há no mundo.

GIÁCOMO

Se vossa incomparável amada não estiver morta, vale menos que uma ninharia.

PÓSTUMO

Estais enganado. Uma pode ser vendida ou doada, em havendo fortuna suficiente para a compra ou mérito para o presente. A outra não é coisa para se vender; é presente que só os deuses dão.

GIÁCOMO

Que os deuses vos deram?

PÓSTUMO

E que, com a graça dos deuses, guardarei.

GIÁCOMO

Podeis ter posse legítima dela; mas, bem sabeis, pássaros estranhos pousam no lago do vizinho. Vosso anel também pode ser roubado; portanto, do vosso par de jóias inestimáveis, uma é fraca, a outra, sujeita ao acaso. Um ladrão astuto ou um cortesão hábil arriscaria a conquista de ambos.

PÓSTUMO

Vossa Itália não possui cortesão hábil o bastante para abalar a honra de minha amada, seja quanto à guarda ou à perda disso por que a chamais de fraca. Não duvido em nada que por aqui haja ladrões, em bandos; contudo, não temo por meu anel.

FILÁRIO

Vamos parar por aqui, cavalheiros.

PÓSTUMO

Senhor, sinceramente, este nobre *signor*, a quem sou grato, não me considera um estrangeiro. Ficamos íntimos à primeira vista.

GIÁCOMO

Com uma conversa cinco vezes mais longa que essa, eu investiria contra a vossa bela amada, fazendo-a recuar até se entregar;[22] bastaria ser admitido à sua presença como amigo.

PÓSTUMO

Não, não.

---

22) Maxwell oferece breve comentário a respeito do emprego de linguagem de guerra com conotação sexual (p. 145).

GIÁCOMO

Empenho metade da minha fortuna contra vosso anel, o que, na minha opinião, vos dá alguma vantagem. Porém, faço a aposta mais por vossa confiança do que pela reputação dela, e, para evitar que vos ofendais aqui também, afirmo que faria a mesma tentativa com relação a qualquer mulher do mundo.

PÓSTUMO

Estais totalmente enganado em vossa presunçosa noção e, não tenho dúvida, obtereis o que bem mereceis por vossa tentativa.

GIÁCOMO

E o que seria?

PÓSTUMO

Uma rejeição, embora vossa, conforme dizeis, tentativa, mereça mais que isso — um castigo, também.

FILÁRIO

Cavalheiros, já basta. Essa discussão foi por demais intempestiva. Deve morrer assim como nasceu; eu vos peço, conhecei-vos melhor.

GIÁCOMO

Eu deveria ter oferecido a minha fortuna e a de meu vizinho como garantia do que falei.

PÓSTUMO

Que dama escolheríeis para abordar?

GIÁCOMO

A vossa, que, em termos de fidelidade, considerais tão segura. Aposto dez mil ducados contra vosso anel que se me apresentardes à corte onde vossa dama se encontra, sem qualquer vantagem além da possibilidade de dois encontros, de lá trarei a honra que imaginais tão bem guardada.

PÓSTUMO

Aposto ouro contra vosso ouro; meu anel, que prezo tanto quanto meu dedo, já faz parte dele.

GIÁCOMO

Sois amante e, portanto, prudente. Se comprardes carne de mulher à razão de um milhão a dracma, não sabereis como preservá-la do apodrecimento. Mas vejo que tendes religião, que temeis.

PÓSTUMO

Isso não passa do vosso modo de falar. Vossas intenções são mais honrosas, espero.

GIÁCOMO

Sou senhor de minhas palavras, e juro que levarei a termo o que acabo de dizer.

PÓSTUMO

É mesmo? Colocarei meu brilhante em custódia até que retorneis. Firmemos os termos. Maior é a virtude da minha amada do que a imensidão do vosso indigno pensar. Atrevo-me a vos desafiar. Eis meu anel.

FILÁRIO

Não permitirei tal aposta.

GIÁCOMO

Pelos deuses, já está feita! Se eu não vos trouxer provas suficientes de que desfrutei da parte mais preciosa do corpo da vossa amada, meus dez mil ducados são vossos, e vosso brilhante, também. Se voltar, deixando-a com a honra em que confiais, ela é vossa jóia, esta é vossa jóia, meu ouro é vosso, desde que me concedais uma carta de apresentação que me garanta livre acesso a ela.

PÓSTUMO

Aceito as condições. Redijamos os termos. Respondereis somente pelo seguinte: se empreenderdes sobre ela vosso vôo, e me provardes que haveis alcançado vosso intento, não serei mais vosso inimigo; ela não valeria a nossa contenda. Se ela resistir à sedução, se não me demonstrardes o contrário, por vossa calúnia e pelo ultraje que tereis causado à sua castidade, a mim respondereis com vossa espada.

GIÁCOMO

Dai-me vossa mão, de acordo! Vamos mandar registrar os termos por escrito, legalmente; partirei já para a Britânia, pois a coisa pode esfriar e ir por água abaixo. Vou buscar meu ouro e providenciar a redação da aposta.

PÓSTUMO

De acordo.

[Sai, juntamente com Giácomo]

FRANCÊS

Achas que isso vai adiante?

FILÁRIO

Signor Giácomo não vai recuar. Vamos acompanhá-los.

Saem [A mesa é retirada]

1.5[23] *Entram a Rainha, Damas de Companhia e Cornélio, [o médico]*

RAINHA

Enquanto houver orvalho, colhei flores.
Ide logo. Quem fez a anotação?

UMA DAMA

Eu, senhora.

RAINHA

Depressa.
Saem as Damas
Então, doutor,
Trouxeste aquelas drogas?

CORNÉLIO

Sim, Alteza,
Aqui estão, senhora.
[Entrega-lhe uma caixa]
Por favor,
Vossa Graça ofender-vos não deveis —
É minha consciência que me leva
A perguntar — por que me encomendastes
Estas composições tão venenosas,

---

23) Local: Britânia, palácio de Cimbeline.

Causadoras de morte por langor,
Lenta, contudo, certa?

RAINHA

Acho, doutor,
Estranho que me faças tal pergunta.
Não sou há tanto tempo tua aluna?
Tu não me ensinaste a fazer perfumes,
Destilar, conservar — que o próprio Rei
Pelos meus preparados me corteja?
Após tantos progressos, não é justo,
A menos que me aches diabólica,
Que meus conhecimentos eu amplie
Com outras experiências? Vou testar
A potência das tuas composições
Em seres que não servem nem p'ra forca,
Mas em nenhum humano, p'ra testar-lhes
O poder e aplicar-lhes os antídotos,
E saber os seus méritos e efeitos.

CORNÉLIO

Tais práticas irão endurecer-vos,
Alteza, o coração. Além do mais,
O exame dos efeitos é a um tempo
Nojento e infeccioso.

RAINHA

Oh! Acalma-te.

Entra Pisânio

[À parte]

Eis aí um velhaco adulador;
Nele farei o meu primeiro teste.
É agente do patrão, e do meu filho
Inimigo.
[Em voz alta] Que há, então, Pisânio?
Doutor, os teus serviços no momento
São dispensáveis. Podes ir embora.

CORNÉLIO *[À parte]*
De vós tenho suspeitas, minha dama.
Mas não fareis tão mal.

RAINHA
[Dirigindo-se a Pisânio]
Escuta aqui.

CORNÉLIO *[À parte]*
Não gosto dela. Pensa ter em mãos
Venenos mortais, raros. Bem conheço-lhe
A alma, e a ser tão mau não confiarei
Drogas de natureza tão maldita.
As que estão em seu poder entorpecem
E embotam os sentidos algum tempo,
Fato que antes, talvez, ela constate
Nos gatos e nos cães, e, então, depois,
Em espécies mais nobres. Mas não há
Perigo em qualquer mórbida aparência,
Apenas um bloqueio passageiro
Do espírito, mais vivo ao despertar.
Ela é enganada com falsos efeitos,
Eu mais leal, ao ser com ela falso.

RAINHA
Doutor, não mais preciso dos teus préstimos,
Até mandar de novo te chamar.

CORNÉLIO
Despeço-me de vós humildemente.

Sai

RAINHA *[Dirigindo-se a Pisânio]*
Segue a chorar, dirias? Tu não achas
Que ela, em tempo, haverá de se acalmar,[24]
Deixando que a razão entre onde agora

---

24) Sem dúvida, está aqui implícita a noção de que, no entendimento da Rainha, eventualmente, Imogênia "saciaria" com as lágrimas a própria sede.

Predomina a loucura? Faz tua parte.
Quando tu me trouxeres a notícia
De que ela ama meu filho, na mesma hora,
Serás tão grande quanto teu senhor —
Maior, pois sua sorte jaz sem fala,
E seu nome agoniza. Regressar,
Não pode; nem ficar onde se encontra.
Mudar de casa é trocar tristezas,
E cada dia que nasce, nasce apenas
P'ra o trabalho de um dia definhá-lo.
Que podes esperar, ao te apoiares
Em algo que ameaça despencar,
Que não poderá ser reconstruído,
E que não tem amigos que o escorem?

[Deixa cair a caixa. Ele a apanha.]

Não sabes o que acabas de apanhar;
Mas, guarda-a, pelo teu trabalho. É algo
Que fiz, que cinco vezes já salvou
O Rei da morte. Não conheço droga
Mais eficaz. Vai, guarda-a, eu te peço.
É o penhor do bem mais valioso
Que a ti destino. Conta a tua senhora
A situação que a ela se apresenta;
Finge que é coisa tua. Considera
O que estás pondo em jogo,[25] mas, também,
Não perdes tua senhora, e ainda ganhas
Meu filho, que a ti se afeiçoará.
Posso o Rei convencer a conceder-te
O cargo que quiseres; quanto a mim,
Que te pus no caminho deste mérito,
Obrigada me vejo a ricamente
Recompensar-te. Chama minhas damas.
Pensa nestas palavras.

Sai Pisânio

Um velhaco
Astuto e fiel; não vai se abalar.
Agente de seu amo e um lembrete
Para que ela preserve o matrimônio.

---

25) Isto é, ao passar para o lado da Rainha e de Clóten.

Se ele do meu presente fizer uso,
Ela sem emissários do querido
Haverá de ficar e, então, mais tarde,
Se sua disposição não se alterar,
Decerto, provará também.
Entra Pisânio com as damas Sim, sim;
Bem, muito bem. Levai para o meu quarto
Violetas, primaveras e estas prímulas.
Adeus, Pisânio. Pensa bem, Pisânio.

PISÂNIO
Assim farei.
Saem a Rainha e as damas
Se um dia a meu bom amo
For desleal, eu mesmo me estrangulo —
Tudo o que eu fizer por vós será nulo.

Sai

1.6[26] *Entra Imogênia*

IMOGÊNIA
Um pai cruel, e pérfida madrasta,
Um pretendente tolo a uma mulher
Casada cujo esposo foi banido.
Oh! esposo! Coroa da minha dor,
E a aflição que aumenta o meu tormento!
Quem me dera ter sido carregada,
Como os meus dois irmãos, felicidade;
Porém, a aspiração mais gloriosa
Há de ser a mais triste. Aventurados
Os humildes, que obtêm satisfação
Em seus desejos simples.
Entram Pisânio e Giácomo
Quem vem? Ei!

26) Local: Britânia, palácio de Cimbeline.

PISÂNIO

Senhora, de Roma chegou aqui
Um nobre cavalheiro que tem cartas
De meu senhor.

GIÁCOMO

Mudais de cor, senhora?
O digno Leonato está a salvo
E carinhosamente vos saúda.

[Entrega-lhe as cartas]

IMOGÊNIA

Obrigada, senhor. Sois mui bem-vindo.

[Lê as cartas]

GIÁCOMO *[À parte]*

O que ela tem à mostra é magnífico!
Se for dotada de alma assim tão rara,
É ela o pássaro único da Arábia,[27]
Tendo eu perdido a aposta. Atrevimento,
Sejais meu aliado; armai-me, audácia,
Da cabeça aos pés, ou tal qual os partas,
Fugindo, lutarei; ou mesmo, apenas
Fugirei.[28]

IMOGÊNIA *Lê [em voz alta]*

"Trata-se de indivíduo da mais nobre estirpe, a cuja bondade serei eternamente grato. Olha para ele com bons olhos, assim como estimas o teu fiel, Leonato".

[Dirigindo-se a Giácomo]

Leio em voz alta apenas estas linhas;
O resto toca fundo o coração,

---

27) Trata-se da Fênix, pássaro mítico de belíssima plumagem, supostamente, o único de sua espécie, capaz de viver 500 ou 600 anos no deserto da Arábia. Ao completar um ciclo de vida, a Fênix se imolava sobre uma pira funerária, incendiada pelo sol, e ressurgia, de suas próprias cinzas, para viver um novo ciclo (*OED*, v. XI, p. 695).

28) Referência à célebre tática da cavalaria parta, que, após atacar arremessando lanças, recuava, ao mesmo tempo que disparava setas. Vide, a título de comparação, a primeira cena do terceiro ato de *Antônio e Cleópatra* (São Paulo: Mandarim, 1997).

Que, grato, tudo aceita. Sois bem-vindo,
Conforme vos declaro e podereis
Verificar em tudo que eu fizer.

GIÁCOMO

Obrigado, belíssima senhora.
Como! Será que os homens estão loucos?
Será que a natureza lhes deu olhos
P'ra ver o céu e o rico benefício
Dos mares e da terra, discernir
No espaço astros em chama e pedras gêmeas
Em praias incontáveis, e não temos,
Como saber, com órgãos tão preciosos,
O que é belo e o que é feio?

IMOGÊNIA

Que vos causa
Tamanha admiração?

GIÁCOMO

Mas a culpa não pode ser dos olhos,[29]
Pois macacos, diante de duas fêmeas,
Por esta expressariam preferência,
Desprezando a segunda com caretas;
Tampouco da razão, pois os idiotas
Em questão de beleza serão sábios;
Tampouco do apetite — uma imundície,
Comparada a beleza tão singela,
Levaria o desejo a vomitar,
Negando tal repasto.

IMOGÊNIA

Por favor,
O que há?

---

29) Conforme diversos estudiosos comentam, Giácomo ignora a pergunta de Imogênia e prossegue em seu propósito de, aos poucos, incriminar Póstumo, sugerindo ser este o "louco" mencionado na fala anterior, "cego", por ter trocado Imogênia pela suposta amante italiana.

GIÁCOMO

A luxúria esfomeada,
O desejo saciado e insatisfeito,
Barrica que esvazia enquanto se enche,
Tendo antes o cordeiro devorado,
Agora quer os restos.

IMOGÊNIA

Mas o quê,
Caro senhor, vos deixa tão nervoso?
Estais bem?

GIÁCOMO

Obrigado, minha dama,
Estou bem.
[Dirigindo-se a Pisânio]
Por obséquio, meu senhor,
Avisa a meu criado que me aguarde
Onde o deixei. Ele é aqui estranho,
E inquieto.

PISÂNIO

Senhor, já me dispunha
A dar-lhe boas-vindas.

Sai

IMOGÊNIA

Meu marido
Passa bem? De saúde, como vai?

GIÁCOMO

Bem, senhora.

IMOGÊNIA

Inclinado à alegria?
Espero que sim.

GIÁCOMO

Mais que radiante;
Estranho mais contente e brincalhão
Não há por lá: é o "Britano Boa-Praça".

IMOGÊNIA

Quando morava aqui era chegado
À tristeza, por vezes, sem saber
Mesmo o porquê.

GIÁCOMO

Jamais o vi tristonho.
Em sua companhia há um francês,
Eminente *monsieur* que, ao que consta,
Ama perdidamente uma gaulesa.
Ele é uma fornalha de suspiros,
E o fogoso britano — digo eu,
Vosso marido — a plenos pulmões ri,
E exclama: "Acho que vou arrebentar!
Como pode um sujeito que bem sabe,
Seja através da história, de boato,
Ou pela sua própria experiência,
Como são as mulheres, isso mesmo,
Como não conseguem deixar de ser,
Passar o tempo livre enlanguescendo
Por uma escravidão inescapável?"

IMOGÊNIA

Meu marido disse isso?

GIÁCOMO

Sim, senhora,
E chorando, de tanto rir. Dá gosto
Ouvi-lo fazer pouco do francês.
Mas bem sabem os céus que certos homens
São dignos de censura.

IMOGÊNIA

Ele não, creio.

GIÁCOMO

Ele não; mas o céu mereceria
Mais gratidão por tudo que lhe deu:
Em si, é bem dotado; em vós — sois dele —
Tem o maior dos dons. Se sou forçado
A admirar, sou forçado a sentir pena.

IMOGÊNIA

Sentis pena de quem, senhor?

GIÁCOMO

De duas
Criaturas, falo sério.

IMOGÊNIA

Serei eu
Uma delas, senhor? Estais olhando
Para mim; que desastre contemplais
A merecer a vossa piedade?

GIÁCOMO

Lamentável! Mas, como! Se esconder
Do radiante sol e se abrigar
Com um toco de vela na masmorra?

IMOGÊNIA

Por obséquio, senhor. Com mais clareza
Respondei às questões que vos coloco.
Por que de mim sentis pena?

GIÁCOMO

Porque outros —
Eu ia dizer, gozam da vossa —, mas
A tarefa dos deuses é vingar,
A minha, não falar.

IMOGÊNIA

Vós pareceis
Saber algo de mim, que me concerne.
Por favor, uma vez que suspeitar

Que as coisas andam mal pode doer
Mais do que a convicção — pois as certezas,
Ou não têm mais remédio, ou, conhecidas
A tempo, terão cura —, revelai-me
O que estais a mostrar e a esconder.

GIÁCOMO

Se me pertencesse esta face, os lábios
Nelas eu banharia; mais essa mão,
Cujo toque, menor toque, faria
A alma do que a tocasse prometer
Lealdade; este objeto, que cativa
E que incendeia meu olhar errante;[30]
Se eu, maldito seria, permitisse
Que me babassem lábios tão comuns
Como os degraus que ao Capitólio levam,[31]
Ou se tocasse em mãos tão calejadas
Por falsidades — sim, por falsidades,
Como pelo trabalho, ou se fitasse
Olhar vulgar, obscuro[32] como a luz
Fumacenta de um sebo fedorento —
Justo seria que todos os castigos
Do inferno desabassem a um só tempo
Sobre tal traição.

IMOGÊNIA

Temo que meu
Marido haja esquecido da Britânia.

GIÁCOMO

E de si mesmo. Nada me condiz
Revelar sua vil transformação,
Mas vossa graça força este relato,
Da minha consciência, até os lábios.

---

30) Furness esclarece que o "objeto" seria a própria Imogênia, com suas faces e mãos (p. 93).

31) Nosworthy esclarece que uma escadaria de cem degraus levava ao Capitólio, isto é, o templo de Júpiter em Roma; todos passavam por essa escadaria, na analogia sugerida por Giácomo, conforme os lábios de uma prostituta (p. 38).

32) O original registra aqui o adjetivo *illustrous*; à exceção de Furness, estudiosos entendem ter havido aqui caso clássico de inversão semântica (Onions, p. 137; Shewmaker, p. 227; Nosworthy, p. 38; Maxwell, p. 151; Evans, p. 1.577).

IMOGÊNIA

Não quero ouvir mais nada.

GIÁCOMO

Ó alma nobre,
Vossa causa me atinge o coração
Com tanta piedade que adoeço.
Dama tão bela, herdeira de um império
Que em valor dobraria o maior rei,
Ser assim igualada a prostitutas[33]
Pagas por via dos vossos próprios cofres,
Mulheres contagiadas que, por ouro,
Brincam com as doenças que a sujeira
É capaz de infligir à natureza,
Suarentas,[34] veneno p'ra veneno!
Vingai-vos, pois senão, quem vos gerou
Não era uma Rainha, e estareis
Traindo vosso nobre clã.

IMOGÊNIA

Vingar-me?
Como me vingaria? Se for verdade —
Pois tenho um coração que não se ofende
Pelos ouvidos — se isso for verdade,
Como me vingaria?

GIÁCOMO

Achais vós que ele
Me faria viver tal sacerdote
De Diana, em lençóis frios, enquanto
Montava tantas éguas,[35] ofendendo-vos,
E tudo à vossa custa — pois, vingai-vos!
Entrego-me ao vosso bel-prazer;

---

33) O original traz aqui o substantivo *tomboy*; para explicação quanto ao sentido elisabetano da palavra vide (Evans, p. 1577; Nosworthy, p. 39; Onions, p. 288; Shewmaker, p. 457; Rubinstein, p. 278).

34) Nosworthy e Evans explicam que, à época, pessoas eram submetidas a suadouros, como tratamento para doenças venéreas (respectivamente, p. 39 e p. 1.577).

35) No original, a expressão é *vaulting variable ramps*; Williams comenta, detalhadamente, as conotações eróticas dessas palavras (v.3, pp. 1.466-68). Filha de Júpiter, Diana era a deusa da floresta, da caça, da fertilidade e da lua, sempre casta, também identificada pelos romanos como Artêmis (Davis & Frankforter, pp. 125-26).

Mais que esse renegado serei digno
Do vosso leito, e fiel ao vosso afeto,
Sempre discreto.

IMOGÊNIA

Corre aqui, Pisânio!

GIÁCOMO

Em vossos lábios presto meus serviços.

IMOGÊNIA

Afasta-te! Condeno meus ouvidos
Por terem tanto tempo te escutado.[36]
Fosses homem honrado, tu terias
Relatado esta história por virtude,
Não com esse propósito que buscas,
Tão vil e tão absurdo. Calunias
Um nobre homem que se acha tão distante
Do teu relato quanto tu da honra,
E abordas uma dama que despreza
A ti como ao demônio. Vem, Pisânio!
O Rei, meu pai, será logo informado
Dessa tua investida. Se achar certo
Que venha à sua corte um estrangeiro
Safado regatear como em bordel
romano e expor a mente bestial,
É porque com a corte não se importa
E pela filha não sente respeito.
Pisânio, corre aqui!

GIÁCOMO

Feliz Leonato!
Devo dizer: a fé que tua dama
Tem em ti digna é da tua confiança,
E tua ímpar virtude à fé faz jus.
Tende uma vida longa e abençoada!
Sois mulher do mais nobre cavalheiro

36) A mudança de pessoa de tratamento e pessoa do verbo ocorre tanto no original como na tradução, refletindo a súbita alteração do estado de espírito de Imogênia.

Que jamais um país chamou de filho,
Esposa destinada ao que é mais nobre.
Perdoai-me. Falei p'ra constatar
As raízes da vossa confiança,
E de vosso marido ora farei
Novo relato: ele é o mais fiel,
Um santo feiticeiro a encantar
Sociedades; nas mãos tem a metade
Dos corações dos homens.

IMOGÊNIA

Retratai-vos?

GIÁCOMO

Senta-se em meio aos homens como um deus.
Tem uma honra cuja natureza
O faz parecer mais que mero humano.
Não vos zangueis, princesa poderosa,
Por eu com falsa história vos sondar;
Serviu p'ra confirmar vosso juízo
Na escolha de um senhor tão singular,
Bem sabeis, incapaz de errar. O afeto
Que por ele alimento me levou
A testar-vos assim; porém, os deuses
Diferente das outras vos fizeram,
Sem joio. Por favor, vosso perdão.

IMOGÊNIA

Está bem, meu senhor. Podeis contar
Comigo nesta corte.

GIÁCOMO

Humildemente,
Agradeço-vos. Já quase esquecera
De fazer um pedido à Vossa Graça,
Algo pequeno, embora de importância,
Pois ao vosso marido diz respeito,
Além de a mim e a outros bons amigos.

IMOGÊNIA

Por obséquio, dizei do que se trata.

GIÁCOMO

Próximo a uma dúzia de romanos,
Juntos com vosso esposo — a mais formosa
Plumagem da nossa asa — cotizaram-se
Para presentear o imperador,
O que eu, representante dos demais,
Providenciei na França: prataria,
Com peças de desenho raro, e jóias
Em estilos exóticos e ricos;
São de grande valor e eu, estrangeiro,
Anseio por guardá-las em seguro.
Poderíeis guardá-las, pois, convosco?

IMOGÊNIA

Com prazer, e por sua segurança
Empenho minha honra; e desde que
Meu marido nos bens tem interesse,
Vou em meu próprio quarto resguardá-los.

GIÁCOMO

Estão em um baú, com meus criados.
Terei a liberdade de enviá-lo
Até vós, mas por esta noite apenas.
Devo amanhã partir.

IMOGÊNIA

Oh! Não, ficai!

GIÁCOMO

Devo partir, ou falho na palavra,
protelando o regresso. Desde a Gália,
Atravessei os mares, com propósito
E promessa de estar com Vossa Graça.

IMOGÊNIA

Muito vos agradeço pelo esforço;
Mas não partais tão logo!

GIÁCOMO

É preciso,
Senhora. Sendo assim, devo dizer-vos,
Se saudar desejardes vosso esposo
Por escrito, fazei-o esta noite.
Meu tempo chega ao fim, e está em jogo
A entrega do presente.

IMOGÊNIA

Escreverei.
Enviai-me o baú; será guardado
Com segurança e a vós restituído.
Sois aqui mui bem-vindo.

Saem

ATO II

2.1[1] *Entram Clóten e dois Nobres*

CLÓTEN

Será que existe alguém tão sem sorte? Ser abalroado justamente quando havia quase roçado o bolim, no último arremesso! Tinha apostado cem libras no lance, e um insolente filho da puta vem me criticar, dizendo que vivo xingando, como se dele tomasse emprestado meus palavrões e não pudesse gastá-los à vontade.

PRIMEIRO NOBRE

E o que ele ganhou com isso? Com vossa bocha lhe quebrastes a cachola.

SEGUNDO NOBRE *[À parte]*

Se os miolos da vítima fossem moles como os do agressor, teriam escorrido pela brecha.

CLÓTEN

Quando um cavalheiro está inclinado a xingar, não cabe aos circunstantes podar-lhe os palavrões, não é?

SEGUNDO NOBRE

Não, meu senhor *[à parte]* — nem tosar-lhe as orelhas.[2]

CLÓTEN

Cachorro filho da puta! Eu, dar-lhe satisfação? Ah! Se ele fosse da minha patente!

SEGUNDO NOBRE *[À parte]*

Federia como um imbecil.

---

1) Local: Britânia, exterior do palácio de Cimbeline.

2) Nosworthy comenta que, sem dúvida, o Segundo Nobre se refere a "orelhas de burro" (p. 46). Para reforçar o sentido pejorativo evocado pelas palavras do Segundo Nobre, o texto significa, além do sentido literal, no original, "*ears*" — orelhas —, e remete a "*ears*" — espigas de milho —, especialmente, aparecendo após "*oaths*" — xingamentos —, que sugere "*oats*" — cereal que serve de alimento para eqüinos.

CLÓTEN

Nada nesse mundo me deixa mais furioso. Porra! Quem me dera não ter sangue tão nobre. Não se atrevem a lutar comigo porque a Rainha é minha mãe. Qualquer joão-ninguém se farta de lutar, e eu tenho que ficar para cima e para baixo, como um peru com quem ninguém ousa medir-se.

SEGUNDO NOBRE *[À parte]*

Sois peru e capão também; e gargarejais como um bobo.

CLÓTEN

Que disseste?

SEGUNDO NOBRE

Que não convém à Vossa Senhoria vos confrontar com cada sujeito que venhais a insultar.

CLÓTEN

Não, eu sei disso, mas convém que eu insulte meus inferiores.

SEGUNDO NOBRE

É, convém somente à Vossa Senhoria.

CLÓTEN

Ora! Digo o mesmo.

PRIMEIRO NOBRE

Ouvistes falar do estrangeiro que chegou à corte hoje à noite?

CLÓTEN

Um estranho — e eu não fui informado?

SEGUNDO NOBRE *[À parte]*

Ele próprio é um sujeito estranho e disso não foi informado.

PRIMEIRO NOBRE

Foi um italiano que chegou e, segundo se diz, amigo de Leonato.

CLÓTEN

Leonato? Um pilantra exilado; e esse é outro, seja ele quem for. Quem te falou desse estrangeiro?

PRIMEIRO NOBRE
Um dos pajens de Vossa Senhoria.

CLÓTEN
Convém que eu vá procurá-lo? Não seria impróprio?

SEGUNDO NOBRE
Jamais cometereis impropriedades, senhor.

CLÓTEN
Não seria nada fácil, creio eu.

SEGUNDO NOBRE *[À parte]*
Sois um autêntico bobo; portanto, vossos atos, todos bobos, jamais serão impróprios.

CLÓTEN
Vinde, vou ter com esse italiano. O que hoje perdi na bocha, esta noite recupero com ele. Vinde, vamos.

SEGUNDO NOBRE
Acompanharei Vossa Senhoria.
Saem [Clóten e o Primeiro Nobre]
Será possível que um demônio astuto
Como sua mãe, no mundo tenha posto
Este asno! Uma mulher que com o cérebro
Arrasa o que estiver em sua frente,
E este filho, incapaz de subtrair
Dois de vinte, nem p'ra salvar a pele,
E chegar a dezoito. Oh! Princesa,
Imogênia, divina, tens sofrido:
Entre um pai a serviço da madrasta,
Uma madrasta sempre a conspirar,
Um pretendente que é mais detestável
Que a infame expulsão do caro esposo,
Que o divórcio terrível que pleiteia!
Peço aos céus que preservem as muralhas
Da tua elevada honra, e o inabalável
Templo que é tua mente bela e pura,

Para que ainda possas usufruir
Do amor banido e desta grande terra!

Sai

2.2[3] *[Um baú e uma tapeçaria. Uma cama localizada à boca de cena, onde se vê Imogênia, lendo um livro] Entra Helena, uma dama*[4]

IMOGÊNIA
Quem está aí? Helena?

HELENA
Às ordens, ama.

IMOGÊNIA
Que horas são?

HELENA
Meia-noite, quase, dama.

IMOGÊNIA
Então, já faz três horas que estou lendo.
Sinto os olhos cansados. Dobra a página
Que eu estava lendo. Hora de dormir.
Não me leves a vela; deixa-a acesa,
Se acordares por volta de quatro horas,
Chama-me, por favor. Caio de sono.
[Sai Helena]
Ó deuses, eu me entrego ao vosso amparo.
Dos espíritos maus e tentadores
Da noite, me livrai, eu vos suplico.

Dorme
Giácomo sai do baú

---

3) Local: Britânia: quarto de Imogênia.
4) A rubrica do Folio assinala apenas "Imogênia, em sua cama, e uma dama" (p. 884).

GIÁCOMO

Grilos cantam; exaustos, se recolhem
Os humanos. Assim nosso Tarquínio
Pisou suavemente sobre o junco,[5]
Antes de despertar a castidade
Que ele próprio feriu.[6] Citéria,[7] adornas
Tão bem a tua cama! Lírio fresco,
Mais claro que os lençóis! Ah, se eu pudesse
Tocar-te, ou beijar-te, um único beijo!
Rubis incomparáveis, como beijam!
É o hálito que assim perfuma o quarto.
Curva-se a ela a chama desta vela,
Como a espiar debaixo de suas pálpebras,
P'ra ver luzes veladas, ora ocultas
Atrás destas janelas coloridas
Em branco e azul, pintadas com a tinta
Do próprio céu. Porém, ao meu intuito —
Examinar o quarto; e anotar tudo.

[Tomando nota]

Quadros com tais e tais temas, ali
Fica a janela, adornos sobre a cama,
Tapetes com figuras, tais e tais,
E o assunto da história.[8] Oh! Alguns
Sinais do corpo, mais que dez mil bens,
Comprovam e enriquecem o inventário.
Sono, imitador da morte, deitai
Sobre ela, e fazei seu corpo a efígie
Que jaz num mausoléu. Vamos, sai, sai!

---

5) Na verdade, utilizado como forração para o solo à época de Shakespeare, não em Roma; trata-se de mais um célebre anacronismo shakespeariano. A referência à forração em junco possui, ainda, interessante aspecto metateatral, pois sabemos que o piso dos palcos elisabetanos costumavam ser cobertos de junco (e.g., The Globe).

6) Tarquínio foi o sétimo e último lendário rei de Roma (534-510 a.C.), cujo filho, Sextus, estuprou Lucrécia. Shakespeare havia abordado o assunto em *The rape of Lucrece*, longo poema de amor, à moda de Ovídio, publicado em 1593. Obviamente, Giácomo refere-se a Tarquínio como "nosso" porque Tarquínio fora romano, assim como o é Giácomo.

7) Afrodite, i.e., Vênus. A rigor, ilha ao sul da Grécia, onde Afrodite teria surgido da espuma do mar (Davis & Frankforter, p. 118).

8) Isto é, o tema representado na tapeçaria.

Tão fácil quão difícil é o nó Górdio.[9]

[Retira-lhe o bracelete]

É meu e, como prova exterior,
Serve, quanto a consciência interior,
P'ra deixar o marido enlouquecido.
Aqui, no seio esquerdo, cinco pontos,
Um sinal, como os pingos em vermelho
No cálice da prímula. Eis aqui
Atestado mais forte do que a lei.
Este segredo vai fazê-lo crer
Que arrombei o cadeado e lhe roubei
O tesouro da honra. Agora basta.
Mas para quê? Por que anotar aquilo
Que está impresso, fixo na memória?
Leu até tarde, a história de Tereu.[10]
A folha está dobrada bem na altura
Em que se entregou Filomela. Basta.
De volta p'ra o baú — passo o ferrolho.
Passai céleres, Ó dragões da noite,
P'ra aurora vir abrir o olho do corvo![11]
Digo que com temor aqui eu hiberno.
Ante um anjo do céu, estou no inferno.

Soa o relógio

Uma, duas, três. É hora, já é hora!

Sai [entrando no baú. Cama e baú são retirados]

9) Shakespeare utiliza aqui uma antítese; isto é, o bracelete de Imogênia é removido com facilidade inversamente comparável à dificuldade de se desmanchar o nó atado por Górdio, camponês que, segundo Plutarco, tornou-se rei da Frígia, e que a todos desafiava a desmanchar o célebre nó. Alexandre, o Grande, teria cortado o nó com um golpe de sua espada (Davis & Frankforter, p. 192).

10) Rei da Trácia, filho do deus Marte; estuprou a cunhada, Filomela, e cortou-lhe a língua. A história se encontra na *Metamorfose*, de Ovídio (Davis & Frankforter, p. 478).

11) Evans esclarece que, segundo crença da época, o corvo dormia voltado para o leste, para ser acordado ao alvorecer (p. 1.579).

2.3[12] *Entram Clóten e [dois] Nobres*

PRIMEIRO NOBRE

Vossa Senhoria é o melhor dos perdedores, o mais frio a virar um ás no baralho.[13]

CLÓTEN

Perder faz qualquer um ficar frio.

PRIMEIRO NOBRE

Mas poucos têm a paciência característica do vosso nobre temperamento. Ficais esquentado e furioso quando venceis.

CLÓTEN

Vencer dá coragem a qualquer um. Se conseguisse conquistar a tola Imogênia, ganharia muito ouro. É quase de manhã, não é?

PRIMEIRO NOBRE

Já é dia, meu senhor.

CLÓTEN

Gostaria que essa música chegasse logo. Fui aconselhado a dar-lhe música pela manhã; dizem que toca fundo.

Entram os músicos

Vamos, tocai. Se puderdes penetrá-la com vosso dedilhar, ótimo; tentaremos com a língua também. Se nada adiantar, deixai-a para mim; jamais desistirei. Primeiro, algo de grande excelência, bem-idealizado; depois, uma melodia maravilhosa e doce, com palavras preciosas e admiráveis; e, então, que ela reflita.

[*Música*]

12) Local: Britânia, uma saleta ao lado do quarto de Imogênia.

13) A expressão original é *turned up ace*; na verdade, conforme amplamente comentado, na cultura elisabetana, "*ace*" relacionava-se ao número um no jogo de dados, e não ao ás nas cartas (Furness, pp. 125-26; Shewmaker, p. 4; Nosworthy, p. 53; Evans, p. 1.579). Contudo, para reproduzir o trocadilho inerente às palavras "*ace*" (que em inglês contemporâneo corresponde a "às") e "*ass*" (que significa "asno"), recorro ao cacófato "*às no* baralho".

[MÚSICO] [*canta*]

Escutai, escutai!
À porta do céu canta a cotovia,
E Febo[14] no horizonte já desponta,
Traz seus corcéis p'ra fonte da magia,
Plena de flores, cálices sem conta;
Botões de margarida, piscam ouro.
Junto com tudo que é belo e vindouro,
Despertai, cara dama, despertai!

CLÓTEN

Pronto, podeis ir. Se isso conseguir penetrá-la, farei melhor juízo da vossa música; se não, é porque ela tem algum defeito no ouvido, que nem crina de cavalo, tripa de bezerro,[15] ou voz de eunuco capado[16] podem consertar.

[Saem os Músicos]
Entram Cimbeline e a Rainha

SEGUNDO NOBRE

Eis que vem o Rei.

CLÓTEN

Foi bom eu ter ficado acordado até tão tarde, porque assim já estou acordado tão cedo. Ele não tem como não aprovar, paternalmente, o que acabo de fazer. Bom-dia para Vossa Majestade e para minha querida mãe.

CIMBELINE

Estás aqui montando guarda à porta
De nossa filha rude? Não quer vir?

CLÓTEN

Exortei-a com música, mas ela não dá a menor atenção.

CIMBELINE

O exílio do amado é muito recente.
Inda não o esqueceu. Só mesmo o tempo

---

14) Deus do sol e um dos epítetos de Apolo (Davis & Frankforter, p. 383).

15) Crina de cavalo e tripa de bezerro eram utilizadas, respectivamente, como cerda e cordas na confecção de instrumentos.

16) A redundância é imbecilidade típica de Clóten.

Apagará a imagem da lembrança;
Então, há de ser tua.

RAINHA *[Dirigindo-se a Clóten]*

Deves demais
A este Rei, que jamais esforços mede
Para que a filha a ti dê preferência.
Faz tua corte conforme manda a regra,
Aproveita a ocasião. Faz as recusas
Aumentarem teu zelo; leva-a a crer
Que sob inspiração é cortejada,
Que em tudo a obedeces, a não ser
Quando quer despedir-te. Nesse caso,
Tu deves parecer irracional.

CLÓTEN

Irracional? Jamais!

[Entra um Mensageiro]

MENSAGEIRO *[Dirigindo-se a Cimbeline]*

Se for do vosso agrado, senhor, eis
Aqui, vindos de Roma, embaixadores;
Entre eles, Caio Lúcio.

CIMBELINE

Um homem bom,
Inda que tenha agora intento hostil;
Mas não é dele a culpa. Precisamos
Recebê-lo de acordo com a honra
Devida a quem o enviou e, quanto a ele,
Que conosco foi sempre tão bondoso,
Devemos demonstrar a gratidão.
Caro filho, após teu bom-dia à amada,
Vem reunir-te a mim e à Rainha.
Precisamos de ti p'ra receber
Este romano. Vem, minha Rainha.

Saem [todos menos Clóten]

CLÓTEN

Se ela estiver de pé, hei de falar-lhe;
Ou que fique deitada com seus sonhos.
[Bate à porta]
Abre, por favor, ei! — Sei muito bem
Que está acompanhada das criadas;
E se a mão de uma delas eu molhasse?
Ouro abre portas — muitas vezes — sim,
Corrompe até as virgens de Diana,
A tocarem a corça ao caçador;
Ouro o inocente mata e o ladrão poupa,
E, às vezes, manda à forca todos dois.
Que não pode o ouro fazer, desfazer?
Será minha advogada uma das aias,
Pois não entendi o caso muito bem.
Abre, por favor, ei!

Bate à porta. Entra uma Dama

DAMA

Quem bate?

CLÓTEN

Um cavalheiro.

DAMA

Ninguém mais?

CLÓTEN

Sim, um filho de dama ilustre e nobre.

DAMA *[À parte]*

Já é mais do que podem se gabar
Alguns que aos alfaiates pagam tanto
Quanto vós.
[Dirigindo-se a Clóten]
Que quer Vossa Senhoria?

CLÓTEN

Tua senhora. Ela está pronta?

DAMA

Está, sim.

[À parte]

Para ficar no quarto.

CLÓTEN

Aqui tens ouro.

Vende-me um elogio.

DAMA

Mas como, e meu bom nome? P'ra elogiar-vos,
O que haverei de achar?

Entra Imogênia

Eis a princesa.

[Sai]

CLÓTEN

Bom-dia, bela. Irmã, dá-me tua mão.

IMOGÊNIA

Senhor, bom-dia. Investes demasiado
Para obter nada além de confusão.
Como agradecimento digo apenas
Que de agradecimento eu estou pobre,
E mal posso cedê-los.

CLÓTEN

Eu insisto

Em jurar-te que te amo.

IMOGÊNIA

Se apenas o dissesses,
O mesmo resultado tu terias;
Como em jurar insistes, o teu prêmio
Insistente será o meu desprezo.

CLÓTEN

Isso não é resposta.

IMOGÊNIA

Só respondo
Para que tu não digas que consinto
Em meu silêncio. Peço que me poupes.
Podes acreditar, demonstrarei
Descortesia às tuas gentilezas.
Uma pessoa da tua perspicácia
Deveria saber quando se abster.

CLÓTEN

Estaria pecando, ao entregar-te
À tua loucura. Nunca farei isso.

IMOGÊNIA

Bobos não curam loucos.

CLÓTEN

Serei bobo?

IMOGÊNIA

Tanto quanto estou louca, sim. Se fores
Cordato, deixarei minha loucura;
Curados estaremos todos dois.
Sinto muito, senhor, que me provoques
A esquecer as maneiras de uma dama,
E ser tão tagarela. De uma vez
Por todas, ouve bem: eu, que conheço
Meu coração, declaro, francamente,
Que não gosto de ti, e ora me sinto
Com tão pouca piedade que me acuso
De odiar-te, coisa que eu preferiria
Que percebesses, antes que eu tivesse
Que me vangloriar.

CLÓTEN

Contra a obediência
Que deves a teu pai estás pecando,
Pois o enlace que alegas ter firmado
Com o pobre coitado — foi à base
De esmolas educado e a pratos frios

Sustentado, com restos desta corte —
Não constitui enlace, em absoluto.
E embora seja lícito a pessoas
De inferior condição — e quem será
Mais inferior que ele? — se juntarem
Com quem só vai gerar filho e miséria,
Atando o próprio laço, estás vetada
Quanto a tal liberdade, em conseqüência
Da coroa, e não deves denegrir-lhe
O mérito precioso com um servo,
Um desqualificado de libré,
Tecido p'ra escudeiro,[17] um copeiro —
Ou até menos que isso.

IMOGÊNIA

Seu profano!
Mesmo que fosses filho do deus Júpiter,
Sem contar isso tudo que já és,
Indigno tu serias p'ra servir-lhe
De lacaio; já fora para ti
Grande honra, de causar até inveja,
Se, comparadas vossas qualidades,[18]
Fosses feito ajudante de carrasco
Em seu reino; e, contudo, tu serias
Odiado por ganhar tanto favor.

CLÓTEN

Ora, os ventos do sul que o deixem podre![19]

IMOGÊNIA

Nada pior poderá a ele ocorrer
Que ter por ti uma vez pronunciado
Seu nome. O traje mais simplório que haja
Roçado o corpo dele é para mim

---

17) Libré era o uniforme usado por criados em residências nobres. Geralmente, os criados recebiam, por ano, determinada metragem em tecido, nas cores da casa, para ser utilizado na confecção de fardas e uniformes.

18) Isto é, de Clóten e de Póstumo (Nosworthy, p. 59).

19) Conforme esclarece Nosworthy (pp. 59-60), a literatura elisabetana, com base em Virgílio e Ovídio, contém inúmeras alusões ao suposto contágio provocado pelos ventos do sul.

Mais caro que o cabelo em tua cabeça,[20]
Se cada fio num homem do teu tipo
Se transformasse. Salve, bom Pisânio!

Entra Pisânio

CLÓTEN
O traje dele? O diabo —

IMOGÊNIA *[Dirigindo-se a Pisânio]*
Vai logo chamar a aia Dorotéia.

CLÓTEN
O traje dele?

IMOGÊNIA *[Dirigindo-se a Pisânio]*
Um bobo me atormenta,
Me assusta, e me exaspera. Pede a aia
Que procure uma jóia que se foi,
Sem querer, do meu braço. Pertenceu
A teu amo. Ai de mim, se eu a trocasse
Pelo ouro de qualquer Rei desta Europa!
Ainda esta manhã acho que a vi;
Bem sei, ontem à noite ela encontrava-se
Em meu braço; beijei-a. Só espero
Que ela não tenha ido a meu senhor
Contar que algo beijei que não fosse ele.

PISÂNIO
Não estará perdida.

IMOGÊNIA
Assim espero.
Vai procurar.

[Sai Pisânio]

---

20) Momento de grande ironia dramática, considerando-se, primeiro, o fato de que Clóten vestirá roupas de Póstumo e, em segundo lugar, o destino reservado à cabeça do Príncipe.

CLÓTEN

A mim tu insultaste.
"Seu traje mais simplório"?

IMOGÊNIA

Sim, senhor.
Se queres me acionar, traz testemunhas.

CLÓTEN

Vou contar a teu pai.

IMOGÊNIA

Tua mãe também.
É minha amiga e vai pensar, suponho,
O que houver de pior a meu respeito.
Assim sendo, eu vos deixo,[21] meu senhor,
No pior infortúnio.

Sai

CLÓTEN

Hei de vingar-me.
"Seu traje mais simplório"? Pois, veremos!

2.4[22] *Entram Póstumo e Filário*

PÓSTUMO

Nada temais, amigo. Quem me dera
Ter certeza de o Rei poder dobrar,
Assim como estou certo de que ela há
De resguardar a honra.

FILÁRIO

E que recursos
Empregais p'ra chegar até o Rei?

---

21) A mudança de pessoa do verbo é proposital, reforçando a ironia de Imogênia.
22) Local: Roma, casa de Filário.

PÓSTUMO

Nenhum; aguardo só que o tempo mude,
Tremo no atual inverno em que me encontro,
E por dias mais cálidos espero.
Com débeis anseios, mal retribuo
Vossa hospitalidade; se falharem,
Morrerei sendo vosso devedor.

FILÁRIO

A vossa dignidade e companhia
Pagam mais do que eu possa merecer.
A esta hora, vosso Rei já recebeu
Novas do grande Augusto.[23] Caio Lúcio
Cumprirá sua missão condignamente.
E penso que o tributo e o atrasado
Ele vai conceder, ou reverá
Nossos romanos, cujo memorial
De dor inda lhes é muito recente.[24]

PÓSTUMO

Eu creio, embora não seja estadista,
Nem queira vir a sê-lo, que isto em guerra
Vai acabar, e vós escutareis
Que as legiões que na Gália agora estão
Aportaram na intrépida Britânia,
Antes que ouçais ter sido pago um cento
Do tributo devido. Os compatriotas
Têm agora mais ordem do que quando
Júlio César sorria de sua falta
De experiência, ainda que admitisse
Que sua valentia o preocupava.[25]
Disciplina, ora aliada à valentia,

---

23) Augustus é o título outorgado a Gaius Octavius (sobrinho neto e herdeiro de Júlio César), pelo senado romano, em janeiro do ano 27 a.C., ocasião em que Otávio (63 a.C.-14 a.D.) se torna o primeiro imperador de Roma (Davis & Frankforter, pp. 350-53). Aqui apenas algumas vezes mencionado, Otávio é personagem em duas outras peças de Shakespeare, *Júlio César* (1.598-99) e *Antônio e Cleópatra* (1.607-08).

24) "Ele", logicamente, é Cimbeline, que devia tributo a Roma.

25) Caius Julius Caesar (102?-44 a.C.), personagem de célebre tragédia shakespeariana, foi grande soldado, estadista e ditador, sendo assassinado por conspiradores em frente do senado romano (Davis & Frankforter, pp. 72-73).

Vai aos provocadores comprovar,
Ante os olhos do mundo, o seu progresso.

Entra Giácomo

FILÁRIO
Eis Giácomo!

PÓSTUMO *[Dirigindo-se a Giácomo]*
Os cervos mais velozes
Por terra vos trouxeram, e bons ventos,
Vindos dos quatro cantos, vossas velas
Beijaram, apressando vosso barco.

FILÁRIO *[Dirigindo-se a Giácomo]*
Sois bem-vindo, senhor.

PÓSTUMO *[Dirigindo-se a Giácomo]*
Eu só espero
Que a brevidade da vossa resposta
Seja a causa de tão breve regresso.

GIÁCOMO
Vossa dama é das mais belas que vi.

PÓSTUMO
E, além disso, há de ser a mais honesta,
Se não, sua beleza espreitaria
À janela, por falsos corações,
E para ser, também com eles, falsa.

GIÁCOMO
Trago comigo cartas para vós.

PÓSTUMO
Contêm boas notícias, quero crer.

GIÁCOMO
É bastante provável.

[Póstumo lê as cartas]

FILÁRIO[26]

Caio Lúcio se achava na Britânia
Quando estivestes lá?

GIÁCOMO

Era esperado,
Mas não havia chegado.

PÓSTUMO

Por enquanto,
Tudo vai bem. A pedra ainda brilha,
Ou é fosca demais p'ra que a usásseis?

GIÁCOMO

Caso viesse a perdê-la, perderia
Quanto ela vale em ouro. Com prazer,
Faria uma viagem duas vezes
Mais longa, a desfrutar mais uma noite
Doce e fugaz conforme tive lá;
Pois, está ganho o anel.

PÓSTUMO

Mas esta pedra
É bastante difícil de arrancar.

GIÁCOMO

Nem um pouco, pois vossa esposa é fácil.

PÓSTUMO

Senhor, sabei perder sem gracejar.
Já deveis ter notado que não vamos
Continuar amigos.

26) No Fólio, esta fala pertence a Póstumo (p. 886). Tudo leva a crer que o motivo da alteração, introduzida por Capell, seja o fato de Póstumo estar, nesse momento, ocupado na leitura das cartas, a rigor, impossibilitado de falar.

GIÁCOMO

Vamos, sim,
Bom senhor, se a palavra mantiverdes.
Se a intimidade da vossa amada,
Eu não trouxesse agora junto a mim,
Concordo que a conversa iria longe[27];
Porém, eu me declaro vencedor
Da sua honra e do vosso anel, e não
Ofensor vosso ou dela, visto que
Agi segundo a vontade dos dois.

PÓSTUMO

Se demonstrar puderdes que na cama
A possuístes, tendes mão e anel.
Se não, o indigno juízo que fizestes
De sua honra tão pura vai levar-nos
A ganhar ou perder nossas espadas,
Ou, sem dono, deixá-las ao primeiro
Que as encontrar.

GIÁCOMO

Senhor, as minhas provas
Encontram-se tão perto da verdade
Que vos induzirão a acreditar.
Tudo confirmarei sob juramento,
Do que me poupareis, não tenho dúvida,
Ao verdes que não mais se justifica.

PÓSTUMO

Continuai.

GIÁCOMO

Primeiro, o quarto dela —
Onde, confesso, não dormi, porém
Declaro, mais valeu ficar desperto —
Tem forro de panô em seda e prata;
Retrata uma Cleópatra insinuante

27) Isto é, terminaria em duelo (Evans, p. 1.582).

Ao ver o seu romano, e o Cidno cheio,
As margens transbordantes, na pressão
Dos barcos, ou no frêmito do encontro,[28]
Obra tão rica e ousada, em que o trabalho
E o valor competiam entre si,
Que me fiz indagar como é possível
Algo assim tão exótico e bem-feito,
Tão próximo da vida!

PÓSTUMO

É bem verdade,
Mas isso poderíeis ter ouvido
De mim ou de qualquer outra pessoa.

GIÁCOMO

Preciso mais detalhes arrolar,
Para justificar tudo o que sei.

PÓSTUMO

Exatamente, ou vossa honra manchais.

GIÁCOMO

Pois, na parede sul fica a lareira,
No ornamento a inocente Diana ao banho.
Nunca vi algo assim, figuras que
Só faltavam falar; o entalhador
Era outra natureza; superavam-na,
Mesmo mudas, exceto em movimento
E respiração.

PÓSTUMO

Isto, novamente,
Poderíeis aí ter apanhado,
Tratando-se de obra tão falada.

---

28) O célebre encontro de Cleópatra e Marco Antônio no rio Cidno, objeto de belos quadros e afrescos (e.g., as versões do *Incontro*, pintadas por Tiepolo), é descrito por Enobarbo, em trecho célebre, de grande poesia, em *Antônio e Cleópatra*.

GIÁCOMO

O teto do aposento é decorado
Com querubins em ouro. Dos suportes
Da lareira — já quase me esquecia:
São dois cupidos cegos, prateados,
Com um dos pés no chão, graciosamente
Apoiados nas tochas.

PÓSTUMO

A honra dela![29]
Vamos supor que vistes isso tudo —
E que bela memória! — a descrição,
Por si só, do interior do quarto dela
Não vos fará ganhar a nossa aposta.

GIÁCOMO

Então, se desejais ficar bem pálido,
Permiti que esta jóia eu vos acene.
Olhai!

[Mostra-lhe o bracelete]

E agora volto a guardá-la eu;
Com vosso diamante vou casá-la;
Juntinhos guardarei os dois.

PÓSTUMO

Por Júpiter!
Deixai-me vê-lo só mais uma vez.
Será aquele que com ela deixei?

GIÁCOMO

Meu senhor, a ela devo agradecer.
Ela do próprio braço o retirou.
Ainda posso vê-la. O belo gesto
Valeu mais que o presente e, ao mesmo tempo,
O valorizou. Deu-me o bracelete,
E declarou que um dia lhe fora caro.

---

29) Ainda descrente, Póstumo indaga, em elipse, se a descrição feita por Giácomo vale a honra de Imogênia.

PÓSTUMO

Talvez o tenha enviado para mim.

GIÁCOMO

Assim vos escreveu ela, não foi?

PÓSTUMO

Não, não, não — é verdade! Isso, também,
Levai.
[Entrega o anel a Giácomo]
É basilisco nos meus olhos,
E morro só de olhá-lo.[30] Saibam todos:
Honra não haverá onde há beleza,
Verdade onde há aparência, nem amor
Onde há outro homem. Votos de mulher
Têm tanto compromisso com os homens
Quanto com a virtude, isto é, nenhum![31]
Oh! Mas que mulher falsa!

FILÁRIO

Paciência,
Senhor, e retomai o vosso anel;
Ainda não foi ganho. É bem possível
Que ela o tenha perdido ou, sabe lá,
Uma de suas aias, subornada,
Tenha furtado a jóia?

PÓSTUMO

É bem verdade;
Espero que ele assim a tenha obtido.
Devolvei meu anel!
[Retoma o anel]
Dai-me um sinal
Que ela tenha no corpo, mais confiável
Que isto, pois isto aqui lhe foi furtado.

---

30) Trata-se do mitológico rei das serpentes, um réptil fantástico, de oito pernas, capaz de matar pelo bafo, pelo contato ou apenas ao ser visto (Davis & Frankforter, p. 44).

31) Sigo paráfrase de Nosworthy (p. 68).

GIÁCOMO

Por Júpiter! Tirei-o de seu braço.

PÓSTUMO

Ouvi como ele jura; invoca Júpiter!
É verdade, eis o anel, tudo é verdade.
Bem sei que ela jamais o perderia.
As criadas estão sob juramento
E são todas honradas. Subornadas
A furtá-lo? Inda mais por estranho?
Não, ele a possuiu. Isto é o emblema
De sua incontinência. Pagou caro
Pelo nome de puta.

[Entrega o anel a Giácomo]

Aqui está
Teu salário, e que todos os demônios
Do inferno se dividam entre ela e tu![32]

FILÁRIO

Senhor, sede paciente. Isto não tem
Tanto peso assim p'ra merecer crédito,
Tratando-se de alguém que respeitamos.[33]

PÓSTUMO

Não faleis mais! Por ele foi montada.

GIÁCOMO

Se quiserdes mais provas, logo abaixo
Do seio — vale apalpar — há um sinal,
Fogoso em sua doce moradia.
Até não mais poder, como o beijei!
E despertou-me a fome, a comer mais,
Embora satisfeito. Estais lembrado
Dessa mancha?

---

32) Conforme observado em outros trechos da tradução, a súbita alteração da pessoa do verbo acompanha alteração de registro constatada no original, aqui, frisando o momentâneo descontrole emocional de Póstumo.

33) Conforme paráfrase de Furness (p.162) e Nosworthy (p. 69).

PÓSTUMO

Estou, sim, e isto confirma
Outra mancha, tão grande, só no inferno
Caberia, ocupando todo o espaço.

GIÁCOMO

Quereis escutar mais?

PÓSTUMO

Não, dispensai-me
Da aritmética; não conteis as vezes.
Uma é um milhão!

GIÁCOMO

Juro.

PÓSTUMO

Não jureis.
Se jurardes não ter feito, mentis,
E eu acabo contigo se negares
Que me fizeste corno.[34]

GIÁCOMO

Nada nego.

PÓSTUMO

Oh! Se a tivesse aqui, p'ra esquartejá-la!
Irei lá; farei isso em plena corte,
Na frente do pai dela. Farei algo.

Sai

FILÁRIO

Completamente fora do juízo!
Vencestes. Precisamos, pois, segui-lo,
E desviar a fúria que ora ameaça
A ele próprio.

---

34) Novamente, a alteração da pessoa do verbo é proposital.

GIÁCOMO

Com todo o coração.

Saem

2.5[35] *Entra Póstumo*

PÓSTUMO

Não poderão os homens ser gerados
Sem que as mulheres façam a metade
Do trabalho? Bastardos somos todos,
E o homem venerável, a quem pai
Chamei, andava sei lá eu por onde,
Na hora em que fui gravado. Um cunhador
Com suas ferramentas fez-me falso;
No entanto, minha mãe aparentava
Ser a Diana da época, assim como
Minha esposa, hoje em dia, era sem par.
Oh! Vingança, vingança! O meu legítimo
Prazer ela impediu, e tantas vezes
Implorou-me abstinência, com pudor
Tão róseo cuja afável aparência
Aqueceria até o velho Saturno;
Cheguei a achá-la pura como a neve
Poupada pelo sol. Oh! Que diabo!
O macilento Giácomo numa hora —
Não foi? — menos até — primeiro encontro?
Nem precisou falar, como um inchado
Javali da Germânia, gritou: Oh!
E a cobriu;[36] resistência não achou,
Além daquela que ele desejava
E que ela fingiria. Oh! Se eu pudesse
Em mim achar a parte da mulher —
Porque não há no homem propensão

---

35) O Fólio não registra aqui uma nova cena; o solilóquio de Póstumo encerra a quarta cena e o segundo ato. Local: idêntico ao da cena anterior.

36) A expressão original é *full-acorned boar*. Rubinstein define e comenta as conotações sexuais da linguagem de Póstumo nesse momento de insegurança e frustração (p. 4).

Ao vício, eu garanto, que não venha
Da parte da mulher; seja a mentira,
Sabei, é da mulher; a adulação
Veio dela; a traição, dela também;
Lascívia e pensamentos sujos, dela;
A vingança foi dela; e a ambição,
Cobiça, ostentação, toda a arrogância,
Os desejos ardentes, a calúnia,
A volubilidade, mesmo todos
Os defeitos que um homem poderá
Nomear, ou melhor, que só o inferno
Conhece, dela vêm, parte ou inteiros,
Melhor dizendo, todos — pois, nem mesmo
Ao vício são constantes, a toda hora
Trocando um vício velho por um novo.
Vou escrever contra elas, detestá-las,
E, também, maldizê-las; no entanto,
De ódio não há maior capacidade,
Que orar p'ra que lhes façam a vontade.
Nem o diabo melhor vai castigá-las.

Saem.

ATO III

3.1[1] *[Clarinada.] Entram, por uma porta, com pompa, Cimbeline, a Rainha, Clóten e Nobres; por outra, entram Caio Lúcio e seus acompanhantes*

CIMBELINE

Dizei, que quer conosco Augusto César?

LÚCIO

Na época em que o grande Júlio César —
Cuja imagem ainda está bem viva
Na memória dos homens, sendo eterno
Assunto em seus ouvidos e suas línguas —
Veio a esta Britânia e a conquistou,
Cassibelano, vosso tio, feito
Ilustre nos encômios de César,
E não sem merecer por suas façanhas,
Por si e os sucessores assumiu,
Junto a Roma, um tributo pago ao ano,
Três mil libras, que vós, ultimamente,
Deixastes de cumprir.

RAINHA

E, p'ra dar cabo
Do espanto, assim será agora e sempre.

CLÓTEN

Antes de um outro Júlio muitos césares
Passarão. A Britânia é, em si, um mundo,
E nada pagaremos para usar
Nossos próprios narizes.[2]

---

1) Local: Britânia, palácio de Cimbeline.

2) Isto é, figurativamente, os britanos não precisam fazer uso dos célebres narizes romanos, pois podem utilizar seus próprios narizes. A insularidade da Britânia já era assunto à época de Shakespeare, constando das peças históricas, especialmente *Ricardo II* (II.i.45). Diante do atual debate (2002) quanto ao grau de submissão que a Grã-Bretanha deve aceitar do parlamento da União Européia, a questão da insularidade continua relevante.

RAINHA

A ocasião
Que a eles permitiu se aproveitarem
De nós agora é nossa. Bem lembrai-vos,
Senhor, meu soberano, dos reis vossos
Ancestrais, da bravura natural
Da vossa ilha, tal parque de Netuno,
Cercada e guarnecida em toda volta
De intransponíveis rochas, mar bravio,
E de bancos de areia que em vez de
De dar abrigo aos barcos inimigos
Tragavam-nos até o mastro grande.
César uma conquista fez aqui;
Não fez aqui, porém, sua bravata
De "vim, vi e venci". Com embaraço —
Primeiro que sofreu — das nossas orlas
Foi corrido, batido duas vezes;
Seus navios, brinquedos inocentes,
Em nossos tenebrosos oceanos,
Como cascas de ovos sobre as ondas
Jogavam, e quebravam-se nas rochas;
Feliz, o singular Cassibelano,
Que esteve a ponto — Oh! fortuna impura! —
De a espada de César dominar,
Fez acender em Lud fogos de júbilo,
E britanos marcharem destemidos.[3]

CLÓTEN

Vamos, não há mais tributo a ser pago. Nosso reino está mais forte do que naquela época e, conforme já disse, não há mais césares como aquele. Muitos poderão ter narizes aduncos, mas quanto a possuir braços tão firmes, nenhum.

---

3) Furness (p. 174) e Nosworthy (p. 76) comentam que Shakespeare atribui a Cassibelano façanha que, segundo o próprio Holinshed, teria sido realizada por Nênio, irmão de Cassibelano. Lud, de acordo com Holinshed, foi o nome adotado para a capital da Britânia, em conseqüência de melhorias implementadas pelo Rei Lud, avô de Cimbeline, em Troynovant, ou Nova Tróia, supostamente, fundada pelo herói troiano que teria sobrevivido à guerra e estabelecido o povo britano. Em homenagem ao rei, a cidade teria começado a ser chamada de Cærlud, ou Lud, mais tarde Londres (*History of England*, Bk III, p. 23; Davis & Frankforter, p. 291).

CIMBELINE

Meu filho, espera tua mãe concluir.

CLÓTEN

Ainda contamos com muitos entre nós que têm a força de Cassibelano. Não digo que eu seja um deles, mas tenho braço. Por que tributo? Por que haveríamos de pagar tributo? Se César puder tapar-nos o sol com uma coberta, ou pôr a lua no bolso, nós lhe pagaremos tributo pela luz; caso contrário, senhor, chega de tributo, eu vos digo.

CIMBELINE *[Dirigindo-se a Lúcio]*

Deveis saber que nós éramos livres
Até que esses romanos atrevidos
Extorquiram-nos esse tal tributo.
A cobiça de César, tão inchada
Que quase abaúla os lados do planeta,
Contra todo e qualquer direito, aqui
Pôs sobre nós a canga; ora arrancá-la
É, pois, dever de um povo belicoso,
Tal nos consideramos. Sendo assim,
A César afirmamos que viemos
De Mulmúcio, autor de nossas leis,[4]
Pela espada de César mutiladas,
Mas cuja garantia e liberdade
Serão, pelo poder que nos investe,
Nosso grande desígnio, embora Roma
Fique irritada. Nossas leis, Mulmúcio
Criou-as, o primeiro na Britânia
Que uma coroa de ouro pôs na fronte
E de rei foi chamado.

LÚCIO

Sinto muito,
Cimbeline, por ter de declarar
Augusto César — César, que mais reis
Possui a seu serviço do que tu

4) Donwallo Molmutius teria sido rei da Britânia, autor de leis traduzidas, primeiramente, para o latim, por Gildas, depois, para o idioma anglo-saxônico, por Alfredo, o Grande (Davis & Frankforter, pp. 330-31).

Criadagem — inimigo teu. Pois bem,
Escuta de mim: guerra e destruição
Declaro contra ti, segundo César.
Espera, pois, a fúria irresistível.
Lançado o desafio, eu agradeço
A acolhida que a mim tu dispensaste.

CIMBELINE

És mui bem-vindo, Caio. Teu Augusto
De mim fez cavaleiro; junto dele
Passei muito da minha juventude.
Com ele adquiri honra; se ele agora
Quer tomá-la, me obriga a defendê-la
Até a morte. Bem sei que panônios
E dalmácios empunham suas armas,
Em defesa de sua liberdade;[5]
Ignorar tal exemplo é fazer crer
Que britanos têm sangue muito frio;
Não é isso que César vai achar.

LÚCIO

Que falem, pois, os fatos.

CLÓTEN

Sua Majestade vos dá boas-vindas. Ficai entre nós ainda um ou dois dias, ou mais tempo. Se depois nos procurardes em outras circunstâncias, nos encontrareis em nossa vala de água salgada. Se dela nos expulsardes, será vossa; se tombardes na aventura, nossos corvos passarão bem à vossa custa. E ponto final.

LÚCIO

Assim será, senhor.

---

5) Os panônios habitavam região ao norte da Dalmácia, a sudeste do Danúbio, área que hoje corresponde a territórios ocupados pela Hungria, Áustria e Itália. No ano 35 a.C., uniram-se aos dalmácios, durante um levante contra Augusto César. Os dalmácios habitavam uma região ao norte e ao oeste dos Bálcãs, península a sudeste da Europa, território hoje ocupado pela Croácia, Bósnia-Herzegovina e Montenegro. Originalmente integrantes do reino ilírio, a partir do ano 168 a.C., foram conquistados pelos romanos (Davis & Frankforter, pp. 119, 363-63; *Britannica*, v. 6, pp. 992-93 e vp. 17, p. 187).

CIMBELINE

Eu já sei da vontade de vosso amo
E ele da minha. Quanto ao mais, bem-vindo!

Saem

3.2[6] *Entra Pisânio, lendo uma carta*

PISÂNIO

Mas, como! Adultério? Não dizeis
O nome desse monstro que a acusa?
Leonato! Senhor! Mas que infecção
Estranha penetrou em teu ouvido![7]
Que falso italiano, com veneno
Na língua e na mão, prevaleceu
Em teu ouvido tão benevolente?
Desleal? Não! Está sendo punida
Por ser fiel e sofre, como deusa,
Mais do que como esposa, tal ataque,
Capaz de derrotar qualquer virtude.
Ó meu amo! O juízo que tens dela
Está tão baixo quanto a tua sorte.
Como! Devo matá-la, logo em nome
Da afeição, lealdade e, mais, dos votos
Que a ti prestei? Eu, ela! O seu sangue!
Se isto for bons serviços prestar, nunca
De bom servidor quero ser chamado.
Que cara terei eu, se for capaz
Da desumanidade de tal ato?

[Lê]

"Age. A carta que a ela remeti,
Por ordem dela, o ensejo vai te dar".
Maldito papel! Negro como a tinta!
Insensível joguete, serás cúmplice
Neste ato, com este ar tão virginal?

Entra Imogênia

---

6) Local: Britânia, palácio de Cimbeline.

7) Conforme ocorre em outros momentos, a alteração de pessoa do verbo segue o original, expressando o nervosismo do personagem.

Ei-la! Devo fingir nada saber
A respeito da ordem.

IMOGÊNIA

Que há, Pisânio?

PISÂNIO

Uma carta, senhora, de meu amo.

IMOGÊNIA

De quem? De teu senhor, que é meu senhor,
Leonato? Seria sábio o astrólogo
Que conhecesse tão bem as estrelas
Como eu a letra dele — poderia
Ler o futuro. Ó deuses bondosos,
Que isto possa conter sabor de amor,
De saúde, alegria — porém, não
Por estarmos distantes; que isso o aflija.
Tem dor como remédio; eis uma delas,
Revigora o amor. Cera, com licença.
Benditas sois, abelhas, por fazerem
Os lacres dos segredos! Os amantes
E os que devem[8] não vão pedir o mesmo;
Embora os devedores atireis
Na prisão, selais cartas de cupido.
Boas notícias, deuses!

[Abre e lê a carta]

"A lei e o ódio do teu pai, caso eu fosse pego em seus domínios, não seriam comigo tão cruéis, se tu, Ó querida criatura, com um olhar me alentasses. Saiba que estou em Câmbria, em Milford Haven.[9] Diante disso, segue o conselho que te der o amor. Aquele que te deseja toda a felicidade e que será sempre fiel aos votos, e ao teu amor crescente, assina,

Leonato Póstumo."

Oh! Um cavalo alado! Ouves, Pisânio?
Está em Milford Haven. Lê, e diz-me

---

8) A expressão original é *men in dangerous bonds*; sigo a interpretação de Furness (p. 186).

9) Câmbria é variante de Cumbria, do celta *Cymbru*, nome do País de Gales em galês (Sugden, p. 92); Milford Haven é um porto ao sul do País de Gales, considerado um dos melhores e mais seguros ancoradouros no Reino Unido (Sugden, p. 347).

A que distância fica. Se um sujeito,
Por negócios mundanos, percorrendo
Este trajeto leva uma semana,
Não voaria até lá eu num dia?
Então, leal Pisânio, que como eu
Anseias por rever o teu senhor,
Que anseias — Oh! devo me conter —
Não, nem tanto quanto eu — sim, tu que anseias,
Embora com menor fervor — Oh! não,
Não como eu; o meu vai além do além;
Fala, fala depressa — conselheiro
Do amor deve ouvidos entupir,
E asfixiar a audição — a que distância
Daqui fica o bendito Milford Haven?
Conta-me, no caminho,[10] como Gales
Teve a sorte de herdar tal santuário.
Mas, primeiro, como fugir daqui?
E o lapso que aqui causar nossa ausência,
Como explicar; primeiro, sair, como?[11]
Por que buscar escusas antes do ato?
Mais tarde deste assunto trataremos.
Por favor, fala logo, quantas milhas
A cavalo faremos em uma hora?

PISÂNIO
Vinte milhas, de sol a sol, senhora;
Bastante para vós — até demais.

IMOGÊNIA
Ora, amigo, nem mesmo alguém na rota
Da própria execução mais lento iria.
Ouvi falar de apostas em cavalos
Mais velozes que a areia da ampulheta.
Mas tudo isto é bobagem. Vai dizer

---

10) O original registra aqui *by th' way*; quanto ao interessante sentido literal da expressão, vide Maxwell (p. 171).

11) Conforme apontam diversos estudiosos (e.g., Evans, p. 1585), a sintaxe fragmentada e aparentemente incoerente reflete aqui a perturbação emocional de Imogênia. Seria perda lastimável regularizar a sintaxe na tradução. A "situação de enunciação" pode propiciar à cena os esclarecimentos necessários (Pavis, pp. 137-38).

A minha aia que finja estar doente,
Que quer voltar à casa de seu pai;
Depois, providencia-me um traje
De montar, a um preço que conviesse
À mulher de um mediano proprietário.

PISÂNIO

Senhora, deveríeis pensar bem.

IMOGÊNIA

Vejo o que tenho à frente, meu amigo.
Não vejo aqui, aqui,[12] e nem atrás,
Pois está tudo envolto em uma névoa
Que me impede a visão. Vai, eu te peço,
Faz o que te pedi. Direi mais nada:
P'ra Milford, livre só há uma estrada.

Saem

3.3[13] *Entram Belário, seguido por Guidério e Arvirago [saindo de uma caverna na mata]*

BELÁRIO

Dia belo demais p'ra estar em casa,
Com esse teto tão baixo. Rapazes,
Abaixai; esta porta vos ensina
Como adorar o céu e vos curvar
Nas preces da manhã. Portas de reis
Têm arcos tão grandiosos, que gigantes
Com empáfia as transpõem, sem retirarem
Seus ímpios turbantes para dar
Um bom-dia ao sol. Salve, belo céu!
Moramos numa rocha, mas a ti
Não vamos destratar, conforme o fazem
Os que habitam moradas luxuosas.

---

12) Segundo consenso crítico, Imogênia refere-se aqui ao seu lado esquerdo e direito. Ou seja, em sua obstinação, Imogênia enxerga tão-somente o caminho que leva a Milford Haven.

13) Local: País de Gales, diante da caverna de Belário.

GUIDÉRIO

Salve, céu!

ARVIRAGO

Salve, céu!

BELÁRIO

Vamos agora
Ao nosso grande esporte montanhês.
Subi essa colina; vossas pernas
São jovens; ficarei aqui no plano.
Refleti, quando do alto me enxergardes
Do tamanho de um corvo: é a função
Que faz diminuir e faz crescer;
E, então, meditai bem sobre as histórias
Que vos contei, de cortes e de príncipes,
De estratégias[14] de guerra, e vos lembrai
Que serviço não é serviço ao ser
Prestado, mas ao ser reconhecido.
Tal percepção nos faz tirar proveito
De tudo que nos cerca e, muitas vezes,
Para nosso consolo, descobrimos
O besouro, de asas entumecidas,
Em mais seguro abrigo do que a águia,
De grande envergadura. Vida assim
É mais nobre do que prestar serviços
E ser repreendido, mais profícua
Do que vagabundear por ninharia,
Mais honrada do que roçar-se em sedas
Que inda não foram pagas. Tais pessoas,
Embora com as contas em aberto,
Recebem cumprimentos do credor.
À nossa, comparada, não é vida.

---

14) O original registra *tricks*; para o sentido aqui privilegiado, veja Schmidt (v. 2, p. 1.256).

GUIDÉRIO

Falas por experiência.[15] De asas curtas,
Não perdemos jamais de vista o ninho,
Tampouco conhecemos outros ares.
Talvez seja a melhor, mesmo, esta vida,
Se uma vida tranqüila for melhor;
É mais amena a ti, que conheceste
Outra mais dura. Em tudo é condizente
Com essa rigidez da tua idade,
Mas, para nós, é cela de ignorância,
Viajar sem jamais sair da cama,
Prisão do devedor, cujos limites
Não ousa ultrapassar.

ARVIRAGO *[Dirigindo-se a Belário]*

Quando tivermos
Tua idade, do que nós falaremos?
Quando ouvirmos bater a chuva e o vento
No sombrio dezembro, de que modo,
Nesta caverna fria, passaremos
Nossas horas geladas? Nada vimos.
Somos feras: astutos qual raposa
No encalço de sua presa, belicosos
Como lobo, na busca de comida.
Perseguir o que voa é nosso brio;
Nossa gaiola em coro transformamos,
Como o pássaro preso, em liberdade,
Cantamos servidão.

BELÁRIO

Mas, como falais!
Se sentísseis a usura da cidade
Em vossa própria carne; o protocolo
Da corte, tão difícil de evitar
Como de obedecer, cuja escalada
Ao topo é queda certa, ou tão instável
Que o medo de cair é como a queda;

15) De fato, conforme lembra Nosworthy, esta fala resume as atribulações de Belário na corte de Cimbeline (p. 84).

A tribulação da guerra, fadiga
Que parece buscar pelo perigo
Somente para obter a fama e a glória,
Que na própria busca levam à morte,
A um infame epitáfio a registrar
Um nobre ato. Não, não, muitas vezes,
Merecemos o mal, fazendo o bem;
Pior, ante a censura, nos curvamos.
Ah, meus jovens! O mundo pode em mim
Ler esta história. Trago no meu corpo
As marcas das espadas dos romanos;
Minha fama era igual à dos melhores.
Cimbeline por mim tinha afeição
E quando se falava de soldado,
Meu nome sempre estava ali por perto.
Eu era, então, qual árvore, com galhos
Carregados de frutos; mas, na noite,
Uma tormenta, ou roubo, dai-lhe o nome
Que quiserdes, na terra derrubou
Minhas frutas maduras, até mesmo
Minhas folhas; fiquei exposto ao tempo.

GUIDÉRIO

Sorte instável!

BELÁRIO

O meu único erro,
Conforme tantas vezes vos falei:
Dois farsantes, com falso testemunho,
Prevaleceram sobre a minha honra,
Jurando a Cimbeline que eu havia
Aos romanos me aliado. Fui, então,
Banido e há vinte anos esta rocha
E estas terras encerram o meu mundo,
Onde vivo em honesta liberdade
E pago ao céu mais dívidas contritas,
Que em toda a minha vida anterior.
Mas subi as montanhas! Caçadores
Não falam assim! Quem ferir primeiro
A caça senhor há de ser da festa,

A ele os outros dois hão de servir,
E não tenhamos medo do veneno
Que grassa em locais de grande estilo.
No vale à vossa espera eu estarei.

Saem [Guidério e Arvirago]

Custa ocultar o ardor da natureza!
Não sabem que do próprio Rei são filhos,
Nem sonha Cimbeline que estão vivos.
Pensam que são meus filhos; muito embora
Criados em caverna que os obriga
A se curvar, contemplam pensamentos
Que alcançam os telhados dos palácios,
E a natureza, em coisas bem triviais,
Incita-os a atitudes principescas,
Que superam a prática de outros.
Polidoro, do Rei e da Britânia
Herdeiro, a quem seu pai chamou Guidério —
Júpiter! Quando sento em meu banquinho,
E a ele conto meus feitos de guerra,
Toda a sua alma se alça à minha história;
Se falo, "Então, tombou meu inimigo,
E eu lhe calquei o pé sobre o pescoço",
No mesmo instante, o sangue real lhe sobe
À face, ele se põe a transpirar,
Retesa os seus nervos e, num gesto,
Reproduz meu relato. Já o mais moço,
Cadval, ex-Arvirago, em pose idêntica,
Traz vida à minha fala, demonstrando
Plenamente sua índole.

[Soa uma trompa de caça]

Escutai!
Levantaram a caça! Ó Cimbeline,
Sabem o céu e a minha consciência
Que tu injustamente me baniste;
Por isto, teus dois filhos eu raptei,
Um com três anos, o outro só com dois,
Pensando em te privar da sucessão,
Assim como roubaste minhas terras.
Eurífile, serviste de ama aos dois;
Viam-te como mãe e todo dia

Visitam o teu túmulo. A mim,
Belário, agora Morgan, têm por pai.
[Soa uma trompa de caça]
A caça corre solta.

Sai.

3.4[16] *Entram Pisânio e Imogênia [em traje de equitação]*

IMOGÊNIA

Quando apeamos, disseste que o local
Ficava perto. Minha própria mãe
Não desejou me ver como eu agora[17] —
Pisânio, onde está Póstumo? Que há
Contigo, mas que olhar é esse? Por que
Do fundo do teu ser esse suspiro?
O retrato de alguém nessa atitude
Seria interpretado como o cúmulo
Da consternação. Fica com aspecto
Menos apavorado, ou a loucura
Derrota a sensatez dos meus sentidos.
Que houve?
[Pisânio entrega-lhe uma carta]
Por que me entregas esta carta
Com olhar tão fechado? Se for nova
De verão, um sorriso; se de inverno,
Como estás continua. A letra é dele?
A Itália peçonhenta o ludibriou,
E ele está em apuros. Fala, homem.
Tua língua poderá atenuar
Algo de grave cuja vã leitura
Seria p'ra mim fatal.

---

16) Local: País de Gales, na cercania de Milford Haven.

17) Isto é, como, neste momento, Imogênia deseja ver Póstumo.

PISÂNIO

Por favor, lede.
E vereis que sou — Ai de mim! — o ser
Pela Fortuna mais abandonado.

IMOGÊNIA *[Lê]*

"Tua senhora, Pisânio, em minha cama fez papel de prostituta, cujo testemunho me faz sangrar. Não falo a partir de frágeis especulações, mas de provas tão contundentes quanto a minha dor, e tão implacáveis quanto a minha vingança. Um papel, Pisânio, deves desempenhar por mim, caso a tua fidelidade não esteja manchada pela infidelidade de Imogênia. Com tuas próprias mãos deves tirar-lhe a vida. Terás oportunidade para tal em Milford Haven. Ela de mim receberá carta bem a calhar; se temeres desferir o golpe e levar a cabo o feito, serás alcoviteiro de sua desonra e, tanto quanto ela, desleal comigo".

PISÂNIO *[À parte]*

Por que sacar a minha espada? A carta
Já lhe corta a garganta. É calúnia,
Cujo gume tem mais corte que espada,
A língua mais veneno que serpente
Do Nilo, e cujo sopro, transportado
Nas asas do vento, enche de mentiras
Os cantos deste mundo. Em reis, rainhas,
Nobres,[18] virgens, matronas, até mesmo
Nos segredos do túmulo, a calúnia
Infecciosa penetra.
[Dirigindo-se a Imogênia]
Então, senhora?

IMOGÊNIA

Infiel na cama? Que é ser infiel?
Deitar e não dormir, pensando nele?
Chorar horas a fio? Quando o sono
Impõe-se à natureza, interrompê-lo
Num pesadelo em que eu o vejo e acordo
Com o meu próprio grito? Será isto,
Ser infiel na cama?

---

18) O original registra *states*; para comentário sobre o sentido específico do termo, conforme aqui empregado na tradução, vide Nosworthy (p. 90) e Evans (p. 1.587).

PISÂNIO

Oh! Boa senhora!

IMOGÊNIA

Eu, infiel? A tua consciência
É que dá o testemunho: Giácomo,
De devasso o acusaste. Parecias,
Antes, um vilão; hoje creio eu,
Teu aspecto é melhor. Alguma franga
Italiana, filha de cosméticos,[19]
Seduziu-o. Virei coisa ridícula,
Roupa fora de moda, e por ser cara
Demais para pender em um cabide,
Rasgada devo ser. Em pedacinhos!
Promessas de homens traem as mulheres!
O bom comportamento, meu marido,
Na tua inconstância, passará
Por ardil; não será, pois, natural,
Mas usado como isca de mulher.

PISÂNIO

Escutai-me, senhora.

IMOGÊNIA

Homens honrados,
Após o infiel Enéas, em sua época
Foram considerados infiéis,
E o pranto de Sinón lágrimas santas
Corrompeu, apartando a piedade
Da autêntica tristeza.[20] Assim, tu, Póstumo,
Vais fazer azedar homens honrados.

---

19) O original fala em *Some jay of Italy, / Whose mother was her painting* (...): *Jay* seria o gaio, ave de penas mosqueadas; Williams comenta que as penas desse pássaro, em azul vibrante, sugerem maquilagem e roupas de prostituta (v. 2, p. 731). Quanto ao significado dos versos, sigo a interpretação de Nosworthy (p. 90), Evans (p. 1.587) e Maxwell (p. 76).

20) Enéas e Sinón aparecem aqui citados como exemplos de homens infiéis. O primeiro, guerreiro troiano, ao emigrar de Tróia ao final da guerra, em meio a tantas aventuras, vê-se na costa da África, onde vive um romance com Dido, Rainha de Cartago, a quem viria a abandonar. Dido, em desespero, mata-se. O segundo, de acordo com o relato do próprio Enéas (*Eneida*, cap. II), vem a ser um guerreiro grego aprisionado, que, em meio a falsas lágrimas, engana os troianos, convencendo-os a transportar o célebre cavalo cuja entrada em Tróia propicia a queda da cidade (Madison & Frankforter, pp. 6 e 455).

Bons e belos serão infiéis e falsos,
Depois do teu grande erro.

[Dirigindo-se a Pisânio]

Amigo, vamos,
Sê leal, cumpre a ordem do teu amo.
Quando o vires, atesta que o obedeço.
Vê bem, eu mesma estou sacando a espada.
Toma e fere esta ingênua morada
Do amor, meu coração. Não tenhas medo,
Dentro dele só há dor, nada mais.
Teu amo, que antes era o seu tesouro,
Aqui não está. Cumpre a ordem: desfere.
Podes ser mais valente em melhor causa,
Mas agora pareces um covarde.

PISÂNIO

Fica longe de mim, vil instrumento!
Não vais amaldiçoar a minha mão!

IMOGÊNIA

Mas eu devo morrer; e se não for
Pela tua mão, a teu amo não serves.
Há contra o suicídio lei divina
Que faz a minha mão se acovardar.
Vem, eis meu coração. Ele reage.
Calma, calma, não vamos resistir.[21]
Como a bainha sou obediente.[22]
Mas que é isto?

[Retira cartas do seio]

Escritos do leal
Leonato heresias são agora?
Fora, fora, corruptores da fé!
Não sereis mais colete ao coração.
Assim os tolos seguem falsos mestres.
Embora os traídos sofram muito,
Na traição, dor pior sente o traidor.

---

21) Nosworthy comenta que a defesa seria a carta de Póstumo, aqui usada por Imogênia como "escudo" (p. 93).
22) Isto é, sempre pronta a receber a espada.

Tu, Póstumo, que a mim levaste ao Rei,
Pai, desobedecer, e a desprezar
O assédio de príncipes, verás:
Não há ato vulgar, antes, muito raro;
Sofro ao pensar que, quando te saciares
Dela que hoje devoras, tua memória
Vai doer por mim.

[Dirigindo-se a Pisânio]

Vamos, age logo.
O cordeiro suplica ao carniceiro.
Onde está tua faca? És muito lento
Na execução das ordens do teu amo,
Quando eu desejo o mesmo.

PISÂNIO

Ó boa dama!
Desde que recebi tal incumbência,
Não mais preguei os olhos.

IMOGÊNIA

Põe em prática,
Então, e já p'ra cama.

PISÂNIO

Muito antes
Ficar insone até perder a vista.

IMOGÊNIA

Então, por que aceitaste fazer isso?
Por que nos enganaste a percorrer
Com um pretexto falso tantas milhas?
Este lugar, o meu esforço, o teu?
A canseira dos nossos animais,
A tua espreita? A corte perturbada
Por eu haver fugido, e para onde
Voltar jamais pretendo? Por que vens
Tão longe, se o arco baixas ao mirar,
A corça à tua frente?

PISÂNIO

P'ra ganhar

Tempo e desta missão torpe me abster;
Nesse ínterim tracei um belo curso.
Boa senhora, ouvi-me com paciência.

IMOGÊNIA

Até cansar a tua língua, fala!
Acabo de escutar, sou prostituta;
Meu ouvido, ferido em tal infâmia,
Não pode suportar maior lesão.
Mas fala.

PISÂNIO

Então, senhora, conclui
Que lá não voltaríeis.[23]

IMOGÊNIA

Com certeza,
Pois, trouxeste-me aqui para matar-me.

PISÂNIO

Nada disso. Porém, se eu for tão sábio
Quanto honesto, meu plano vai dar certo.
Não pode ser, o amo foi logrado.
Algum vilão, sem par em artimanhas,
Causou-vos esta injúria maldita.

IMOGÊNIA

Alguma cortesã romana.

PISÂNIO

Não,
Nem que eu morra! A notícia espalharei
Da vossa morte, e a ele enviarei
Algum sinal de sangue, pois tenho ordem
Para assim proceder. A vossa ausência
Na corte servirá p'ra confirmar.

---

23) Isto é, à corte de Cimbeline.

IMOGÊNIA

Meu caro, que fazer nesse intervalo,
Como sobreviver, onde morar?
E que prazer terei na minha vida,
Se, para meu marido, eu estou morta?

PISÂNIO

Se voltardes à corte —

IMOGÊNIA

Não, nem corte,
Nem pai, nem mais um único transtorno
Com esse rude, grosso, nobre, nada,
Esse Clóten, cujo assédio amoroso
É, para mim, terrível como um cerco.

PISÂNIO

Se à corte não voltardes, não deveis,
Na Britânia ficar.

IMOGÊNIA

P'ra onde, então?
Apenas na Britânia brilha o sol?
Só haverá dia e noite na Britânia?
Ao livro do mundo, nossa Britânia
Parece pertencer, sem nele estar:
Num grande lago, um ninho para cisne.
Por favor, creias: fora da Britânia
Existe vida.[24]

PISÂNIO

Causa-me alegria
Ver que em outros lugares já pensais.
O embaixador romano, Lúcio, deve
Chegar a Milford Haven amanhã.
Pois bem, se for possível assumirdes
Papel opaco como a vossa sorte,

---

24) Novamente, o tema da insularidade britana.

Ocultando o que, à mostra, por agora
Seria perigoso, belo e próspero
Curso estareis seguindo; sim, talvez,
Chegueis mesmo até Póstumo ou, ao menos,
Tão próximo que, embora suas ações
Não vos sejam visíveis, a toda hora,
Os rumores ao vosso ouvido possam
Trazê-lo, em cada gesto.

IMOGÊNIA

Oh! Por tais meios,
Eu tudo arriscaria, exceto a perda
Da minha honra.[25]

PISÂNIO

Pois bem, eis a questão:
Devereis esquecer que sois mulher,
Transformar o comando em obediência,[26]
Timidez e doçura — da mulher
As aias, na verdade, a própria graça
Da mulher — em coragem exibida,
Troça, língua afiada, petulante,
Brigona qual doninha.[27] Ainda mais,
Esquecei que é tesouro a vossa face,
Expondo-a[28] — Oh! Mas como suportar! —
Que remédio — aos vorazes e banais
Beijos do grã-Titã,[29] inda esquecei

25) Quanto ao sentido desta fala de Imogênia, sigo a interpretação de Furness, que se remete a Samuel Johnson (p. 240).

26) Trata-se de um trecho particularmente difícil. Evans comenta que a alteração nos hábitos de Imogênia, passando de uma posição de comando a uma de obediência, não decorreria do fato de mulheres comandarem e homens obedecerem, mas porque, ao assumir a nova identidade, Imogênia passa de princesa, habituada a comandar, a "plebeu", habituado a obedecer (p. 1.588). Acho plausível a explicação de Evans, mas prefiro afirmar a aparente incoerência das palavras de Pisânio, que repercute, em toda a extensão desta fala, em fascinantes implicações temáticas — tipicamente shakespearianas — a respeito da natureza ambígua do comportamento humano e da interação entre os gêneros.

27) Com efeito, a dificuldade de definições claras relativas a questões de gênero sugerida na nota anterior é agora reforçada em nível imagético. A imagem da doninha, ou marta, segundo Williams, tem sido utilizada desde a antigüidade para simbolizar mulher desempenhando atividades masculinas, sendo freqüentemente empregada em contexto de inversão sexual (v. 3, p. 1.509).

28) Nosworthy comenta que na Inglaterra elisabetana damas se valiam de máscaras para proteger a cútis (p. 98). Naturalmente, após se disfarçar de homem, Imogênia não mais poderia proteger o rosto.

29) Isto é, aos raios do sol.

Os belos e intrincados adereços
Que a inveja de Juno provocaram.

IMOGÊNIA

Mas sê breve. Percebo o teu propósito,
E já sou quase um homem.

PISÂNIO

Em primeiro,
Disfarçai-vos. Prevendo isto, aprontei —
Na valise — jaqueta, chapéu, meias,
Tudo o que for preciso. Assim vestida,
E imitando um rapaz da vossa idade,
Diante do nobre Lúcio apresentai-vos,
A ele vosso serviço oferecei,
Citai vossos talentos — se tiver
Ouvido musical, há de apreciar-vos —
E sem dúvida, vai com alegria
Acolher-vos, pois é homem honrado,
Mais que isso, piedoso. Quanto ao vosso
Sustento no exterior, contai comigo.
Tenho posses; jamais vos falharei,
Hoje nem depois.

IMOGÊNIA

És todo o consolo
Que os deuses me deixaram. Parte logo.
Há mais o que pensar; porém, marquemos
Passo conforme o tempo. Neste intento
Serei soldado, agindo com coragem
De príncipe. Vai logo!

PISÂNIO

Bem, senhora,
Deve ser breve a nossa despedida,
Para que em minha ausência não me torne
Um suspeito em vossa fuga da corte.
Nobre senhora, olhai para esta caixa.
Presente da Rainha. Contém algo
Precioso. Se no mar enjôo tiverdes,

Em terra dor de estômago, uma dose
Põe fim ao mal-estar. Buscai a sombra;[30]
De masculinidade revesti-vos.
Que vos guiem os deuses.

IMOGÊNIA

Grata, amém.

Saem [separadamente]

3.5[31] *[Clarinada] Entram Cimbeline, a Rainha, Clóten, Lúcio e Nobres*

CIMBELINE *[Dirigindo-se a Lúcio]*
Aqui nos despedimos.

LÚCIO

Senhor, grato.
Tenho do imperador ordens expressas;
Devo partir. Lamento declarar-vos
Inimigo de meu senhor.

CIMBELINE

Meus súditos,
Senhor, jamais seu jugo aceitarão,
E, quanto a mim, se menos soberano
Que eles me mostrasse, Rei não seria.

LÚCIO
Nesse caso, senhor, apenas peço-vos
Uma escolta, por terra, a Milford Haven.
[Dirigindo-se à Rainha]
Senhora, à Vossa Graça só desejo
Alegrias,

30) Isto é, algum esconderijo.
31) Local: Britânia, palácio de Cimbeline.

[Dirigindo-se a Clóten][32]
e a vós!

CIMBELINE

A tal missão,
Sois por mim indicados, meus senhores.
Não deixeis de prestar-lhe a honra devida.
Nobre Lúcio, adeus.

LÚCIO

Vossa mão, senhor.

CLÓTEN

Tomai-a como amigo; mas, de agora,
Como vosso inimigo eu hei de usá-la.

LÚCIO

Senhor, o resultado apontará
O vencedor. Adeus.

CIMBELINE

Não deixeis Lúcio,
Tão digno, meus senhores, até que haja
Atravessado o Séverne.[33] Ventura!

Saem Lúcio e Nobres

RAINHA

Vai de cara amarrada; mas é honra
Termos sido a razão.

CLÓTEN

Tanto melhor.
Vossos bravos britanos assim querem.

---

32) É importante frisar que F1 não traz aqui qualquer rubrica; isto é, a decisão de que Lúcio agora se dirige a Clóten é interpolação editorial de Taylor, discordando, por exemplo, de Maxwell, em cuja opinião Lúcio volta a se dirigir a Cimbeline (p. 179). Nosworthy registra a longa controvérsia quanto ao interlocutor de Lúcio neste momento: seria Cimbeline? Clóten? A corte reunida? (p. 101).

33) O segundo rio em extensão na Grã-Bretanha (perdendo apenas para o Tâmisa). Localizado entre o País de Gales e a Inglaterra, o Séverne descreve um curso semicircular de, aproximadamente, 340 quilômetros, até desaguar no canal de Bristol, onde forma estuário (Sugden, p. 462).

CIMBELINE

Lúcio ao Imperador já escreveu
O que aqui se passou. É mais que tempo
De aprontar cavaleiros e carroças.
As forças que ele já possui na Gália
Breve estarão reunidas e, de lá,
Partirão p'ra guerrear contra a Britânia.

RAINHA

Questões assim não são de cochilar,
Pois, requerem ação rápida e enérgica.

CIMBELINE

A intuição de que assim ocorreria
Fez-nos audaz. Porém, gentil Rainha,
Onde está nossa filha? Ante o romano
Não quis aparecer, nem veio a nós
Cumprir a obrigação de todo dia.
Aparenta malícia e não dever.
Já notamos. Chamai-a à nossa frente,
Temos sido demais benevolentes.

[Sai um ou mais de um]

RAINHA

Nobre Rei, desde o exílio de Póstumo,
Ela vive reclusa; tão-só o tempo,
Meu senhor, poderá trazer-lhe a cura.
Peço-vos, Majestade, que a poupeis
De termos mais severos. Ela está
Tão sensível às críticas, palavras
São golpes, e tais golpes são mortais.

Entra um Mensageiro

CIMBELINE

Senhor, onde ela está? Como responde
Por tamanho descaso?

MENSAGEIRO

Desculpai-me,
Senhor, o quarto dela está trancado;
Não responde, por mais que ali batamos.

RAINHA

Senhor, a última vez que a visitei,
Ela se desculpou por se manter
Tão fechada; indisposta, ela deixava
De cumprir o dever para convosco
Que diariamente lhe cabia.
Pediu-me, então, que eu isso divulgasse,
Porém, a agitação da nossa corte
Fez a minha memória fracassar.

CIMBELINE

Trancado o quarto dela? Não foi vista
Nestes últimos dias? Queira o céu
Que seja falso o meu temor.

Sai

RAINHA

Meu filho,
Eu vos digo, acompanha vosso Rei.

CLÓTEN

O tal Pisânio, velho criado dela,
Não o vejo há dois dias.

RAINHA

Vai, procura-o!

Sai Clóten

Pisânio, tu, que és tão chegado a Póstumo!
Ele tem minha droga. Quem me dera,
Que a ausência decorresse de ele havê-la
Tomado; ele acredita se tratar
De algo mui precioso. Mas, quanto a ela,
Onde estará? Talvez, se tenha entregue
Ao desespero, ou mesmo, com as asas

Ardentes da paixão tenha voado
Ao encontro do seu querido Póstumo.
Partiu, em rumo à morte ou à desonra,
E em qualquer caso faço bom proveito.
Estando ela no chão, fora da linha,
A coroa britana será minha.

Volta Clóten

Então, meu filho?

CLÓTEN

É certo que fugiu.
Ide acalmar o Rei; está furioso.
Ninguém se atreve a dele se acercar.

RAINHA

Tanto melhor. Quem dera que esta noite
O privasse do dia de amanhã.[34]

Sai

CLÓTEN

Eu a amo e a detesto; é bela e nobre,
Tendo dotes mais raros que qualquer
Dama, damas, mulher — de cada uma
Ela tem o melhor; feita de todas,
A todas sobrepuja — por isso, amo-a.
Mas, ao me desdenhar e ao baixo Póstumo
Favorecer, difama de tal modo
Seu próprio julgamento que asfixia
Tudo o que de mais raro ela possui;
Eu, portanto, concluo que a odeio,
E, mais, que dela quero me vingar.
Pois quando os idiotas —

Entra Pisânio

Quem vem lá?
Então, tratante, estás a conspirar?

34) A Rainha tem esperança de que Cimbeline não sobreviva a esse momento de grande consternação (Evans, p. 1590; Nosworthy, p. 104; Maxwell, p. 180).

Vem cá. Alcoviteiro de uma figa!
Vilão, para onde foi tua senhora?
Responde já, senão, logo estarás
Ao lado dos demônios.

PISÂNIO

Meu senhor!

CLÓTEN

Onde está tua senhora? — Ou, por Júpiter,
Não torno a perguntar. Velhaco, sonso,
Revela este segredo com tua língua,
Ou rasgo o coração para encontrá-lo.
Está ela com Póstumo, de cujo
Estoque de baixezas não se pode
Um dracma de mérito extrair?

PISÂNIO

Ah, meu senhor, pode ela estar com ele?
Quando ela partiu? Ele está em Roma.

CLÓTEN

Onde ela está, senhor? Sê objetivo.[35]
Basta de hesitação. Diz claramente
O que foi feito dela.

PISÂNIO

Ó mui digno senhor!

CLÓTEN

Ó mui digno vilão!
Diz agora onde está tua senhora,
Na próxima palavra, pois já basta
De 'digno senhor'. Fala, ou teu silêncio
Será tua sentença e tua morte.

---

35) O original registra *come nearer*; o sentido aqui privilegiado está em Furness (p. 256), Nosworthy (p. 105), Maxwell (p. 181) e Evans (p. 1.590).

PISÂNIO

Assim sendo, senhor, este papel
Contém tudo o que sei sobre sua fuga.

[Entrega uma carta a Clóten]

CLÓTEN

Vejamos. Vou segui-la, embora esteja
Junto ao trono de Augusto.

PISÂNIO *[À parte]*

Cedo ou morro.
Ela já vai bem longe; da leitura,
Para ele, pode vir uma viagem,
Para ela, não virá qualquer perigo.

CLÓTEN

Hum!

PISÂNIO *[À parte]*

Digo ao amo que está morta. Imogênia!
Sã possas tu vagar, sã regressar![36]

CLÓTEN

Esta carta é verídica, patife?

PISÂNIO

Creio que sim, senhor.

CLÓTEN

A letra é de Póstumo; isto eu sei. Patife, se não fores um vilão e se puderes me prestar um serviço, aceita o encargo que a mim possibilitaria utilizar-te com sério propósito — isto é, levar a cabo, sem demora, lealmente, qualquer malvadeza que eu te ordenar — e eu te veria como um sujeito honrado. Não vais carecer dos meus recursos nem da minha proteção.

PISÂNIO

Muito bem, senhor.

---

36) Esta fala de Pisânio resume o aspecto romântico e aventureiro da história.

CLÓTEN

Queres me servir? Se com paciência e perseverança seguiste de perto a pobre fortuna desse mendigo Póstumo, não poderás deixar de ser, por gratidão, zeloso seguidor da minha. Queres me servir?

PISÂNIO

Quero, senhor.

CLÓTEN

Dá-me tua mão. Fica com minha bolsa. Trazes contigo algum traje do teu ex-patrão?

PISÂNIO

Trago, meu senhor, no meu quarto, a roupa que ele usava, quando se despediu de minha senhora e ama.

CLÓTEN

Teu primeiro serviço: traz-me essa roupa. Que seja este teu primeiro serviço. Vai.

PISÂNIO

Assim farei, senhor.

Sai

CLÓTEN

Encontrar-te em Milford Haven! Esqueci de perguntar a ele uma coisa; daqui a pouco vou me lembrar. Lá mesmo, Póstumo vilão, vou matar-te. Que chegue logo este traje. Uma vez ela disse — o azedume das palavras agora vomito do meu coração — que tinha mais respeito até pelos trajes de Póstumo do que pela minha pessoa nobre e bem-nascida, somados os meus dotes. Usando esse mesmo traje, hei de estuprá-la — mas antes o mato, na frente dela; então, ela haverá de reconhecer o meu valor, o que será um tormento para o seu orgulho. Com ele caído, meus insultos vingados em seu cadáver, e saciada minha lascívia — o que farei, para atormentá-la, usando as roupas que ela tanto elogiou — debaixo de pancada a devolverei à corte, aos pontapés. Ela me desprezou com alegria, e eu serei feliz em minha vingança.

Entra Pisânio [trazendo as roupas de Póstumo]

É este, então, o traje?

PISÂNIO

Sim, senhor.

CLÓTEN

Há quanto tempo ela partiu para Milford Haven?

PISÂNIO

Ainda não deve ter chegado lá.

CLÓTEN

Leva essa roupa ao meu quarto. É a segunda ordem que te dou. A terceira é que fiques de bico calado quanto às minhas intenções. Sê obediente, e haverás de subir na vida. Minha vingança está agora em Milford. Quem me dera ter asas para alcançá-la. Vem, e sê leal.

Sai

PISÂNIO

Ordenas minha queda; leal a ti,
É ser falso ao mais leal dos homens,
O que jamais faria. A Milford vai;
Não acharás aquela que persegues.
Nela transbordai, bênçãos celestiais!
Que o tolo tenha apuro como paga.
Que a pressa vire atraso em sua saga;

Sai

3.6[37] *Entra Imogênia [vestida de homem]*

IMOGÊNIA

Vejo que vida de homem é penosa.
Estou exausta, e agora há duas noites
Faço o chão minha cama. Adoeceria,
Sem minha decisão. Ó Milford, quando
Pisânio da montanha te mostrou,
Estavas ao alcance da visão.

---

37) Local: País de Gales, diante da caverna de Belário.

Ó Júpiter, refúgio sempre foge
Ao infeliz que busca algum abrigo.
Dois mendigos disseram-me que errar
O caminho era coisa impossível.
Pode o pobre mentir, que tanto sofre,
Sabendo do castigo? Sim, sem dúvida,
Se rico raramente diz verdade.
Mentir face à abundância é bem mais grave
Do que em meio à penúria, e a falsidade
Nos reis é bem pior que nos mendigos.
Meu caro senhor, és um dos infiéis.
Agora penso em ti, não sinto fome,
Quando antes por comida desmaiava.
Mas o que será isto? Eis uma trilha.[38]
Algum pouso selvagem. É melhor
Não chamar; não atrevo-me a chamar;
Mas, antes de vencer a natureza,
A fome a faz bravia. Fartura e paz
Sempre geram covardes; a escassez
É a mãe da fortitude. Ó de casa!
Se for civilizado, então, que fale;
Se for selvagem, roube ou dê. Olá!
Ninguém responde? Vou entrar, então.
A espada sacarei; se meu inimigo
Temer espada tanto quanto eu,
Não vai sequer olhar para esta aqui.
Dai-me, céu, inimigo bem assim!

Entra na caverna
Entram Belário, Guidério e Arvirago[39]

BELÁRIO
Polidoro, melhor caçador foste;
Serás senhor da festa. Cadval e eu
Seremos empregado e cozinheiro;

38) Referindo-se, primeiro, à caverna de Belário e, em seguida, a um caminho que levava à respectiva entrada.
39) O Fólio registra aqui uma nova cena, a sétima deste ato.

Fica assim combinado. Nada vale
Qualquer suor de esforço que careça
De propósito. Vinde, a nossa fome
Tornará o sem-graça em saboroso.
Ronca o cansaço em cima de uma pedra,
Mas preguiça acha duro travesseiro
De plumas. Reine a paz na pobre casa,
Que guarda a si própria.[40]

GUIDÉRIO

Estou exaurido.

ARVIRAGO

Estou fraco em ação, mas forte em fome.

GUIDÉRIO

Na caverna nós temos carne fria.
Podemos lambiscar enquanto assamos
Nossa caça.

BELÁRIO *[Olhando para o interior da caverna]*

Um momento, não entreis!
Se não o visse comendo nossos víveres,
Diria que se trata de algum elfo.

GUIDÉRIO

Que houve, senhor?

BELÁRIO

Por Júpiter, um anjo —
Ou, mesmo, perfeição da natureza:
Eis divindade em forma de rapaz.

Volta Imogênia [saindo da Caverna, vestida de rapaz]

IMOGÊNIA

Meus bons senhores, não me façais mal.
Antes de entrar, chamei; eu pretendia

---

40) Obviamente, Belário, prestes a entrar na caverna, pensa que lá dentro não há ninguém.

Mendigar ou comprar o que peguei.
Verdade! Não roubei — nunca o faria,
Nem que houvesse achado ouro pelo chão.
Aqui está o dinheiro pela carne.
Eu o teria deixado sobre a mesa,
Assim que terminasse a refeição,
E ido embora com preces pelo dono.

GUIDÉRIO
Dinheiro, jovem?

ARVIRAGO
Antes ouro e prata
Virarem barro, pois só têm valor
Àqueles que idolatram deuses sujos.

IMOGÊNIA
Vejo que vos zanguei. Mas, ficai certos,
Se quiserdes matar-me pela falta,
Que morreria, se não a cometesse.

BELÁRIO
Para onde vais?

IMOGÊNIA
A Milford Haven.

BELÁRIO
Nome?

IMOGÊNIA
Fidélio, meu senhor. Tenho um parente
Que parte para a Itália. Embarca em Milford.
Ia vê-lo, porém, morto de fome,
Cometi esta ofensa.

BELÁRIO
Belo jovem,
Não penses sermos xucros, nem nos meças
As mentes pela nossa rude casa.

Feliz encontro. Já é quase noite.
Estarás melhor antes de partires;
Se conosco comeres, somos gratos.
Rapazes, então, dai-lhe as boas-vindas.

GUIDÉRIO
Jovem, fosses mulher, faria tudo
Para ser-te um fiel noivo. Decerto,
Por ti eu cobriria qualquer lance.

ARVIRAGO
Eu fico satisfeito que seja homem;
Como irmão hei de amá-lo.
[Dirigindo-se a Imogênia]
E as boas-vindas
Que, após longa ausência, a ele daria
São p'ra ti. Mui bem-vindo. Fica alegre;
Tu estás entre amigos.

IMOGÊNIA
Entre amigos,
Se irmãos.
[À parte]
Quem me dera fossem eles
Rebentos de meu pai. Então, cairia
Meu preço e eu como tu pesaria, Póstumo.

[Os três homens conversam entre si]

BELÁRIO
Alguma dor o está atormentando.

GUIDÉRIO
Pudesse eu aliviá-lo!

ARVIRAGO
Eu, também,
Fosse lá como fosse, a qualquer custo,
Qualquer risco. Bons deuses!

BELÁRIO

Ouvi bem.

[Falam em voz baixa]

IMOGÊNIA *[À parte]*

Grandes homens, vivendo em uma corte
Limitada conforme esta caverna,
Conscientes e virtuosos, que desprezam
Os presentes nulos da adulação,
Não seriam mais nobres que estes dois.
Que os deuses me perdoem; mudaria
De sexo, para ser-lhes companheiro,
Já que Leonato é infiel.

BELÁRIO

Assim será.
Rapazes, preparemos nossa caça.
Belo jovem, entrai. Pesa no estômago
Conversar em jejum. Após comermos,
Com modos, ouviremos vossa história,
Até onde quiserdes nos contá-la.

GUIDÉRIO

Por favor, queira entrar.

ARVIRAGO

Menos bem-vindos,
Noite à coruja, dia à cotovia.

IMOGÊNIA

Obrigado, senhor.

ARVIRAGO

Por favor, queira entrar.

Saem [de cena, entrando na caverna]

3.7[41] *Entram dois Senadores Romanos e Tribunos*

PRIMEIRO SENADOR

Eis o teor do edito imperial:
Uma vez que os plebeus são engajados
Na ação contra panônios e dalmácios,
E as legiões da Gália muito fracas
P'ra guerrear britanos insurgentes,
Cabe-nos incitar a isso a nobreza.
Lúcio é feito procônsul; quanto a vós,
Tribunos, ele dá plenos poderes
Ao pronto alistamento. Viva César!

UM TRIBUNO

É Lúcio o general das forças?

SEGUNDO SENADOR

Sim.

UM TRIBUNO

Encontra-se na Gália?

PRIMEIRO SENADOR

Com legiões,
Conforme disse, às quais vossos recrutas
Devem suplementar. Termos do edito
Fixam o contingente e a hora certa
Do embarque.

UM TRIBUNO

Cumpriremos o dever.

Saem

---

41) Local: Roma, uma praça pública.

ATO IV

4.1[1] *Entra Clóten [vestindo roupas de Póstumo]*

CLÓTEN

Estou perto do local em que eles deveriam se encontrar, se as indicações de Pisânio estiverem corretas. Como me cai bem a roupa dele! Por que, então, não haveria de cair por mim a mulher dele, feita por aquele que fez o alfaiate? Tanto mais quando se diz — com licença da má palavra — que mulher não escapa de boa cantada. Portanto, preciso entrar em ação. Devo confessar, sim, pois não é vaidade um homem e seu espelho conversarem a sós no quarto: tenho o corpo tão bem moldado quanto o dele; não menos desenvolvido, mais forte; não sou menos afortunado; tenho mais oportunidades na vida, berço mais nobre, sou tão capaz quanto ele em ações militares e melhor sucedido em combates corpo-a-corpo. Contudo, essa coisa insensata o ama, e não a mim. O que é ser mortal! Póstumo, a cabeça que ora cresce sobre teus ombros dentro de uma hora será cortada, tua mulher violada, tua roupa rasgada diante dos teus olhos; feito isso, eu a enxotarei de volta ao pai, que pode ficar irritado com a minha grosseria; mas minha mãe, que lhe manipula o humor, há de fazer com que tudo acabe em elogio a mim. Meu cavalo está amarrado em lugar seguro. Vem, espada, ao teu cruel propósito! Fortuna, coloca-os nas minhas mãos! Isto aqui corresponde exatamente à descrição do local de encontro dos dois, e aquele sujeito não se atreveria a me enganar.

Sai

4.2[2] *Entram Belário, Guidério, Arvirago e Imogênia [vestida de homem], vindo do interior da caverna*

BELÁRIO *[Dirigindo-se a Imogênia]*

Não estás bem. Aguarda na caverna.
Viremos ter contigo após a caça.

1) Local: País de Gales, diante da caverna de Belário.
2) Local: o mesmo da cena anterior.

ARVIRAGO *[Dirigindo-se a Imogênia]*
Irmão, fica aqui. Não somos irmãos?

IMOGÊNIA
Conforme devem ser todos os homens,
Mas, quanto à classe, barro não é barro,
Embora o mesmo pó. Sinto-me mal.

GUIDÉRIO *[Dirigindo-se a Belário e a Arvirago]*
Ide à caça. Com ele ficarei.

IMOGÊNIA
Não estou assim tão mal, nem tão bem;
Mas não sou cidadão mimado que
Parece morrer antes de adoecer.
Sendo assim, por favor, deixai-me só.
Segui vossa jornada quotidiana.
Alterar hábito é alterar tudo.
Estou mal, mas a vossa companhia
Não pode me curar. Sociedade
Não é consolo a quem não é sociável.
Tão mal não devo estar, já que reflito
Sobre o assunto. Podeis confiar em mim.
Daqui só a mim mesmo eu furtaria;
Caso eu venha a morrer, a perda é pobre.

GUIDÉRIO
Gosto muito de ti; já declarei.
E tanto quanto gosto de meu pai.

BELÁRIO
O quê!

ARVIRAGO
Se for pecado assim falar,
Senhor, me atrelo à falha de meu irmão.
Não sei bem por que gosto deste jovem,
Mas vos ouvi dizer algumas vezes
Que os motivos do amor não têm motivo.
Tendo à porta o caixão, e uma pergunta —

Quem deverá morrer — eu falaria:
"Meu pai, não este jovem".

BELÁRIO *[À parte]*

Nobre veia!
Oh! Natureza digna! Grande estirpe!
Covardes vão gerar outros covardes;
Criaturas vis, outras tantas vis.
A natureza tem grãos e farelo,
Baixeza e honradez. Não sou pai deles,
Mas quem é este jovem, um milagre,
Que se faz mais amado do que eu?
[Em voz alta]
São nove da manhã.

ARVIRAGO *[Dirigindo-se a Imogênia]*
Irmão, adeus.

IMOGÊNIA
Desejo-vos boa caça.

ARVIRAGO
A ti, saúde.
— Às ordens, senhor.

IMOGÊNIA *[À parte]*
Boas criaturas!
Deuses, quantas mentiras tenho ouvido!
Afirmam os da corte, fora dela,
Todos selvagens são. Experiência,
Refuta os relatos! Geram monstros
Os mares imperiais e os pobres rios,
Seus afluentes, à mesa trazem peixes.
Inda estou mal, me aperta o coração.
Pisânio, vou provar do teu remédio.

[Bebe o remédio] Os outros conversam entre si.

GUIDÉRIO

Não consegui fazer com que se abrisse.
Diz que é nobre, porém é infeliz;
Sofre deslealdade, mas é leal.

ARVIRAGO

Ele assim respondeu a mim também;
Um dia, talvez, mais eu saberei.

BELÁRIO

Para o campo! Ao campo!
[Dirigindo-se a Imogênia]
Vamos deixar-te agora. Entra e descansa.

ARVIRAGO *[Dirigindo-se a Imogênia]*

Não nos demoraremos.

BELÁRIO *[Dirigindo-se a Imogênia]*

Por favor,
Não adoeças; és dona-de-casa.[3]

IMOGÊNIA

Bem ou mal, comprometo-me convosco.

Sai

BELÁRIO

Para sempre. Esse jovem, mesmo triste,
Parece possuir nobre ascendência.

ARVIRAGO

Ele canta qual anjo!

GUIDÉRIO

Cozinha com requinte!

---

3) Ao referir-se a "Fidélio", jocosamente, como "dona-de-casa", Belário propicia um momento de ironia dramática, pois todos na platéia sabem que Fidélio é, na verdade, Imogênia. Na verdade, tal ironia está presente não apenas nesta fala mas em toda a cena.

BELÁRIO[4]

Cortou nossas raízes como letras,
Temperou nosso caldo como médico
De Juno, se indisposta ela estivesse.

ARVIRAGO

Nobre, ele agrega o riso ao suspiro;
É como se o suspiro suspirasse
Por sorriso não ser, e cada riso
Zombasse do suspiro por deixar
Um templo tão divino, a se meter
Com ventos que os marujos vão xingar.

GUIDÉRIO

Pude notar que dor e obstinação,
Fincadas, as raízes nele mesclam.

ARVIRAGO

Germina obstinação, e deixa a dor,
Fétido sabugueiro,[5] desprender
Da tua vinha crescente a raiz doente.

BELÁRIO

A manhã corre. Vamos. Quem vem lá?

Entra Clóten [vestindo roupas de Póstumo]

CLÓTEN

Não acho os renegados.[6] O pilantra
Zombou de mim. Estou desfalecendo.

BELÁRIO *[À parte, dirigindo-se a Arvirago e Guidério]*

"Renegados"? Refere-se ele a nós?
Lembro-me; é Clóten, filho da Rainha.

---

4) No Fólio, esta fala é atribuída a Arvirago, articulador da fala seguinte; ou seja, em F1, equivocadamente, duas falas consecutivas são atribuídas a um mesmo personagem (p. 895). Taylor intervém, concedendo a fala a Belário.

5) Segundo a tradição, Judas Iscariotes teria se enforcado em um sabugueiro, árvore desde então amaldiçoada (Evans, p. 1.593 e Maxwell, p. 188).

6) Isto é, Póstumo e Imogênia.

Temo alguma emboscada. Não o vejo
Há muitos anos; sei, porém, que é ele.
Somos considerados marginais.
Vamos embora!

GUIDÉRIO *[À parte, dirigindo-se a Arvirago e Belário]*
Está só. Procurai se há escolta.
Ide, eu peço. Deixai-me só com ele.

[Saem Arvirago e Belário]

CLÓTEN
Calma! Quem sois que assim fugis de mim?
Bandidos das montanhas? Deles já
Ouvi contar. De quem és tu, escravo?

GUIDÉRIO
Jamais cometi ato mais escravo,
Que a um escravo sem golpe revidar.

CLÓTEN
És um larápio, um fora-da-lei, cão!
Entrega-te, gatuno.

GUIDÉRIO
A quem? A ti?
Quem és tu? Não tenho eu braço tão forte
Quanto o teu, coração de igual tamanho?
Tuas palavras, concordo, mais cortantes,
Pois eu não tenho a língua tão afiada.
Diz-me quem és, por que render-me a ti?

CLÓTEN
Reles vilão, não vês quem sou no traje?

GUIDÉRIO
Não, nem teu alfaiate, cafajeste,
Teu avô. Esses trajes ele fez,
Que, ao que parece, fazem a ti.

CLÓTEN

Ó lacaio imbecil! Meu alfaiate
Não os fez.[7]

GUIDÉRIO

Então, vai-te, e agradece
Ao homem que essas roupas te doou.
És um tolo. Não quero te bater.

CLÓTEN

Gatuno desbocado, vais ouvir
Meu nome e vais tremer.

GUIDÉRIO

Qual é teu nome?

CLÓTEN

Clóten, vilão.

GUIDÉRIO

Se Clóten, mais vilão,
É teu nome, não tremo diante dele.
Fosse teu nome sapo, cobra, aranha,[8]
Eu bem mais abalado ficaria.

CLÓTEN

Para teu pavor, sim, p'ra tua angústia,
Podes saber: sou filho da Rainha.

GUIDÉRIO

Lamento; não pareces muito digno
Do teu berço.

CLÓTEN

Então, não estás com medo?

---

7) Isto é, quem confeccionou o traje usado por Clóten foi o alfaiate de Póstumo.

8) No Fólio, "*Toad, or Adder, Spider*", com letras maiúsculas, sugerem, claramente, os outros supostos "nomes" de Clóten. Por questão de método, sigo a decisão de Taylor e mantenho as iniciais em minúsculas.

GUIDÉRIO

Tenho medo de quem respeito, os sábios.
Dos tolos, eu rio; não me causam medo.

CLÓTEN

Tu estás condenado. Após matar-te
Com minhas próprias mãos, perseguirei
Os que daqui acabam de fugir,
E nos portões de Lud vossas cabeças
Hei de colocar.[9] Entrega-te, pois,
Selvagem montanhês.

Saem, lutando
Entram Belário e Arvirago

BELÁRIO

Alguma escolta?

ARVIRAGO

Não. É certo, quanto a ele estais errado.

BELÁRIO

Tenho dúvida. Há muito não o via,
Porém o tempo em nada lhe alterou
As feições. Os engasgos em sua voz
E o modo de falar brusco eram dele.
Estou convicto: trata-se de Clóten.

ARVIRAGO

Aqui nós os deixamos. Só espero
Que meu irmão consiga superá-lo;
Dizeis que é tão cruel!

BELÁRIO

Quando não era
Ainda um homem-feito, não temia
Rugidos do terror; discernimento

9) Conforme Nosworthy assinala, na época de Shakespeare, as cabeças de criminosos executados eram expostas em Ludgate e na Torre de Londres (p. 123).

Falho costuma ser causa de medo.

Entra Guidério [com a cabeça de Clóten]

Mas olha teu irmão!

GUIDÉRIO

Era um idiota,
Este Clóten, um bolso bem vazio,
Sem moeda sequer. Nem mesmo Hércules
Poderia os miolos arrancar-lhe,
Pois ele não os tinha. Entretanto,
Se eu não tivesse agido, aquele idiota
Traria minha cabeça como agora
A dele trago.

BELÁRIO

Mas o que fizeste?

GUIDÉRIO

Sei muito bem: cortei fora a cabeça
De um tal de Clóten, filho da Rainha,
Segundo seu relato, aquele mesmo
Que a mim chamou bandido e traidor,
E jurou, com as próprias mãos, dar cabo
De nós e transferir nossas cabeças,
De onde — graças aos deuses — ora estão,
Para os portões de Lud.

BELÁRIO

Perdidos, todos!

GUIDÉRIO

Mas, meu bom pai, que temos a perder
Fora o que ele jurou tirar, a vida?
A lei não nos protege. Por que ser
Mansos e permitir que nos ameace,
E que faça papel de juiz e algoz
Uma porção de carne tão soberba?
Temos medo da lei? Vistes escolta?

BELÁRIO

Não se enxerga viva alma, mas bom senso
Diz que ele deveria ter criados.
Embora de mentalidade instável,
Indo de mal a pior, nem o delírio,
Nem completa loucura poderiam
Trazê-lo aqui sozinho. Talvez corra
Na corte que bandidos na caverna
Vivem e por aqui caçam e, um dia,
Tentariam atacar; ouvindo isto —
Seria típico — ele, num rompante,
Teria prometido capturar-nos;
Porém, não é provável que ele tenha
Vindo sozinho, nem que para tal
Tivesse permissão. Portanto, temos
Motivo para temer, se temermos
Ter este corpo rabo mais temível
Que a cabeça.[10]

ARVIRAGO

O destino pelos deuses
Seja selado. Venha o que vier,
Meu irmão agiu bem.

BELÁRIO

Eu não queria
Caçar hoje. A doença de Fidélio
Fez longo o meu caminho.

GUIDÉRIO

Com a espada
Que ele próprio brandia ao meu pescoço,
Decepei-lhe a cabeça. Vou jogá-la
No riacho que passa atrás da pedra,
Para que chegue ao mar e conte aos peixes
Que ele é Clóten, o filho da Rainha.
Pouco me importo.

10) Isto é, que Clóten tenha um séquito.

Sai [com a cabeça de Clóten]

BELÁRIO

Temo represália.
Queria, Polidoro, que isto não
Tivesses feito, embora a intrepidez
Combine bem contigo.

ARVIRAGO

Eu bem queria
Tê-lo feito, que só a mim seguisse
A represália. Gosto, Polidoro,
De ti que és meu irmão, mas sinto inveja
Por teres me privado deste feito.
Queria represálias reunidas
Em sua máxima força, procurando-nos
Para satisfações.

BELÁRIO

Bem, está feito.
Não caçamos mais hoje, nem perigos
Que não tragam proveito buscaremos.
Eu te peço, vai já p'ra nossa pedra.
Fidélio e tu sereis os cozinheiros.
Fico à espera do afoito Polidoro,
E logo vou levá-lo p'ra jantar.

ARVIRAGO

Pobre Fidélio! Vou ao seu encontro
De bom grado. Para corar-lhe as faces,
Sangraria paróquias de Clótens,
E mais, me gabaria da caridade.

Sai [dirigindo-se ao interior da caverna]

BELÁRIO

Ó deusa, Ó divina natureza!
Como te mostras nestes jovens príncipes!
São suaves qual Zéfiro soprando
Na violeta, sem mesmo lhe agitar

A corola tão frágil,[11] e, no entanto,
Bastando que seu sangue real esquente,
Violentos como o vento mais inóspito,
Que o pinho da montanha pelo topo
Agarra e faz curvar-se para o vale.
Espantoso, um instinto invisível
Neles gerou realeza sem ensino,
Honradez sem cultivo, um civismo
Sem exemplo a seguir, e destemor,
Espécie que nos dois cresce selvagem,
Mas dá colheita, como semeada.
Pergunto-me, porém, o que a presença
De Clóten pressagia, e o que sua morte
Poderá nos causar.

Entra Guidério

GUIDÉRIO

E meu irmão?
Fui enviar o coco oco de Clóten[12]
Rio abaixo, em missão à sua mãe.
Como refém da volta o corpo fica.

Música solene

BELÁRIO

Instrumento genial! Polidoro, ouve!
Como soa! Que motivo tem Cadval
Para tocá-lo agora?

GUIDÉRIO

Está em casa?

---

11) Na mitologia grega, Zéfiro era o vento do oeste, filho do Titã Astræus e Eos, a aurora, e casado com Cloris, deusa das flores (*Britannica*, v. 23, p. 947).

12) O original registra *Cloten's clotpoll*; além de sugerir a pronúncia que o nome do filho da Rainha teria no inglês elisabetano (ó), esse cômico jogo de palavras reitera a estupidez do príncipe morto, pois *clotpoll* sugere, a um só tempo, "cabeça-de-pau; cabeça-dura; cabeça-oca" (*OED*, v. 3, p. 356, minha tradução). Diante do estado em que se imaginaria estar a cabeça de Clóten, as palavras conotam, ainda, repugnância, pois *clot* significa coágulo, ou, no caso, sangue pisado. A tradução pretende reproduzir efeitos em todos esses níveis, para não mencionar, ainda, o que, popular e vulgarmente, se imaginaria ser o conteúdo da cabeça de Clóten.

BELÁRIO

Acabou de entrar lá.

GUIDÉRIO

Mas por que isso?
Desde a morte de minha amada mãe
Ninguém o fez soar. Ações solenes
Devem seguir solenes ocorrências.
Triunfos sem motivo e choro fino
São macaquice ou coisa de menino.
Cadval estará louco?[13]

Entra [vindo da Caverna] Arvirago, com Imogênia [morta] nos braços

BELÁRIO

Aí vem ele,
E o motivo infeliz da nossa crítica
Traz em seus braços.

ARVIRAGO

Morto está o pássaro
Tão caro para nós. Eu preferia
Ir dos dezesseis anos aos sessenta,[14]
Trocando meus folguedos por muletas,
A ver tal cena.

GUIDÉRIO *[Dirigindo-se a Imogênia]*

Meigo e belo lírio!
Usado por meu irmão, não tens metade
Da beleza que tinhas, quando vivo.

BELÁRIO

Melancolia! Quem pode te sondar,
Buscar o limo e a costa onde atracar
Teu barco preguiçoso? Ser bendito!
Júpiter sabe que homem tu darias;
Tudo o que sei, criança, é que morreste

---

13) Guidério não entende o motivo da fúnebre melodia executada por Arvirago.

14) Trata-se de força de expressão. Com base em informações dadas pelo Primeiro Cavalheiro (Ato 1, cena 1) e por Belário (Ato 3, cena 3), Guidério e Arvirago teriam, aproximadamente, 23 e 22 anos.

De melancolia.

[Dirigindo-se a Arvirago]

Como o encontraste?

ARVIRAGO

Inerte, podeis ver, com um sorriso,
Como se algum inseto lhe fizesse
Cócegas em seu sono, e não conforme
Quem do dardo da morte ri; sua face
Direita repousava na almofada.

GUIDÉRIO

Onde?

ARVIRAGO

No chão, com braços entrançados.
Pensei que ele dormia e descalcei
Minhas rudes botinas, cujas travas
Faziam os meus passos ecoar.

GUIDÉRIO

Mas parece dormir. Se ele se foi,
De seu túmulo um leito vai fazer
Visitado por fadas;

[Dirigindo-se a Imogênia]

junto a ti
Vermes não chegarão.

ARVIRAGO *[Dirigindo-se a Imogênia]*

Enquanto houver
Verão, Fidélio, e eu aqui viver,
Perfumarei teu túmulo sombrio
Com as mais belas flores, sem faltar
A flor do teu rosto, a pálida prímula,
Nem a íris azulada das tuas veias,
Nem a rosa amarela que, p'ra não
Ofender, não perfuma qual teu hálito.
Com bico caridoso, o pintarroxo
— Ó bico que envergonha herdeiros ricos
Que deixam os seus pais sem mausoléu! —

Vai trazer-te tudo isso, sim, e mais,
Musgo espesso, se flores não houver,
Para vestir teu corpo quando inverno.[15]

GUIDÉRIO
Por favor, é bastante; não encenes
Palavras de mulher em algo assim
Tão sério.[16] Enterrá-lo vamos; não
Atrasemos, com nossa admiração,
O que agora é dever. Para o sepulcro!

ARVIRAGO
Onde o colocaremos?

GUIDÉRIO
Ao lado de Eurífile,
Nossa boa mãe.

ARVIRAGO
Que seja assim; e vamos,
Polidoro, com vozes já mudadas,
Entoar o canto fúnebre, conforme
Já fizemos com nossa mãe, a mesma
Melodia e palavras, mas agora,
Terá de ser "Fidélio" em vez de "Eurífile".

GUIDÉRIO
Cadval, não sei cantar. Choro e repito
Contigo; desentoada, canção triste
É pior que padre e culto mentirosos.

ARVIRAGO
Recitemos, então.

---

15) Acreditava-se à época de Shakespeare que o pintarroxo cobria cadáveres com folhas, flores e musgo (Onions, p. 235 e Furness, p. 318).

16) Segundo Evans e Nosworthy, na dramaturgia shakespeariana, trechos discorrendo a respeito de flores são, geralmente, falados por personagens femininas, e.g., Gertrudes, Ofélia, Desdêmona, Cordélia, Marina e Perdita (p. 1.596; p. 131).

BELÁRIO

Pelo que vejo,
As grandes dores curam as pequenas;
Esquecemos de Clóten. Era filho
De rainha, rapazes; muito embora
Como inimigo aqui tenha chegado,
Lembrai-vos que já teve a sua paga.
Embora fraco e forte, apodrecendo,
Cheguem a um mesmo pó, o protocolo,
Anjo do mundo, faz diferenciar
Entre posição alta e baixa. Nosso
Inimigo era um príncipe, e ainda
Que a vida lhe tivésseis como tal
Tirado, como um príncipe enterrai-o.

GUIDÉRIO

Trazei-o, por favor. Uma vez mortos,
O corpo de Tersites vale o de Ájax.[17]

ARVIRAGO *[Dirigindo-se a Belário]*

Ide buscá-lo vós; recitaremos,
Enquanto isso, a canção.

[Sai Belário]

Começa, irmão.

GUIDÉRIO

Ainda não, Cadval, é necessário
Colocar-lhe a cabeça rumo ao leste.
Meu pai tem seus motivos.[18]

ARVIRAGO

É verdade.

GUIDÉRIO

Vamos, pois, removê-lo.

---

17) Respectivamente, exemplos de vilania e heroísmo. Tersites foi o mais feio e desbocado dos guerreiros gregos que sitiaram Tróia; Ájax, célebre pelo belo porte, pela força e coragem, foi herói da Guerra de Tróia (Davis & Frankforter, pp. 8 e 480).

18) Nosworthy, Maxwell e Evans comentam que o corpo de "Fidélio" seria enterrado de acordo com a prática celta, oposta à Cristã (p. 132; p. 194 e p. 1.596).

ARVIRAGO

Bem, começa.

GUIDÉRIO

Não temas o calor do sol,
Tampouco a fúria do inverno.
Teu dever na Terra findou,
Aceita a paga e volta ao eterno.
Nobres jovens irão, sem dó,
Como servos voltar ao pó.

ARVIRAGO

E não temas o poderoso,
Estás bem além dos tiranos.
Vestir, comer, não fiques cioso,
Junco e carvalho já são manos.[19]
Coroa, saber, ciência, sem dó,
Vai tudo, um dia, voltar ao pó.

GUIDÉRIO

Não temas raio nem relâmpago,

ARVIRAGO

Nem o trovão que treme tanto.

GUIDÉRIO

Não temas calúnia em teu âmago.

ARVIRAGO

Estás além de riso e pranto.

GUIDÉRIO e ARVIRAGO

Os jovens amantes, sem dó,
Vão, contigo, voltar ao pó.

GUIDÉRIO

Exorcista a ti não espante,

---

19) Shewmaker explica: em vida, o junco sobrevive por ser flexível, o carvalho, por ser forte; na morte, são semelhantes (p. 366).

ARVIRAGO
Nenhum feitiço a ti encante.

GUIDÉRIO
Alma penada poupe a ti.

ARVIRAGO
Nada de mal se chegue a ti.

GUIDÉRIO e ARVIRAGO
Seja tua paz bem abrigada,
Seja tua tumba venerada.

Entra Belário com o corpo de Clóten [vestindo roupas de Póstumo]

GUIDÉRIO
Já as nossas exéquias terminamos.
Depositai-o aqui.

BELÁRIO
São poucas flores,
À meia-noite vamos trazer mais;
Plantas pelo sereno frio cobertas
São enfeites que mais convêm aos túmulos.
Parecestes com flores, ora murchas;
Assim será com estas sobre vós.
Vamos; em outro ponto rezaremos.
A terra os fez e à terra vão voltar,
Foi-se a alegria, também o seu pesar.

Saem [Belário, Arvirago e Guidério]

IMOGÊNIA *Despertando*
Sim, senhor, Milford Haven. O caminho?
Agradeço. Por trás daquelas árvores?
Por favor, quanto falta p'ra chegar?[20]
Pelo amor de Deus! Seis milhas ainda?

---

20) Segundo Nosworthy (p. 134), Imogênia (suponho eu, com os sentidos um tanto embotados após o efeito da droga) estaria se dirigindo aos mendigos por ela mencionados no início da sexta cena do terceiro ato.

Andei a noite toda. Vou deitar-me.
[Vê o corpo de Clóten]
Um momento! Não quero companheiro!
Pelos deuses e deusas! Estas flores
Fazem lembrar prazeres deste mundo,[21]
Este homem ensangüentado, os problemas.
Espero estar sonhando, pois achei
Que vivia na caverna e cozinhava
P'ra pessoas honestas. Nada disso.
Foi um tiro no escuro, alarme falso,
Reação do meu cérebro a vapores.[22]
Os nossos próprios olhos muitas vezes
Ficam como o juízo: cegos. Deus!
Tremo de medo; se há no céu ainda
Uma gota apenas de piedade,
Do tamanho do olho de um coleiro,
Dai-me, deuses temidos, um pouquinho!
O sonho continua. Já não durmo,
Mas está fora e está dentro de mim.
Não o imagino; sinto-o. Um sujeito
Sem cabeça? As roupas do meu Póstumo?
As pernas, reconheço-as; sua mão,
Pés de Mercúrio, coxas como Marte,
Os músculos de Hércules; o rosto
De Júpiter, no entanto — Deus do céu!
Como! Já não existe.[23] Ah! Pisânio,
As maldições que aos gregos lançou Hécuba,[24]
Acrescidas das minhas, rogo em ti.
Com Clóten, um demônio sem escrúpulos,
Conspiraste e mataste meu senhor.
Ler e escrever, agora é traição!
O maldito Pisânio, com as suas

---

21) Ou seja, são efêmeras, transitórias.

22) Evans esclarece ser comum à época a crença de que vapores do corpo podiam subir ao cérebro e provocar sonhos e visões (p. 1.597).

23) A cena é das mais célebres, das mais dotadas de níveis de significado, em toda a obra shakespeariana. Apesar de acreditar que se trata do corpo de Póstumo, Imogênia atira-se, literalmente, sobre o corpo de Clóten, que tanto a desejara. Nesse momento de imensa ironia, Imogênia encena, com uma sensualidade mórbida, o adultério do qual fora injustamente acusada.

24) Rainha de Tróia, esposa de Príamo; Hécuba foi mãe de Páris, Cassandra, Heitor, Heleno, Deifobo, Políxena e Tróilo. Teve a infelicidade de presenciar a destruição de sua terra e a morte ou a escravização dos filhos, tornando-se, assim, um símbolo do sofrimento feminino (Davis & Frankforter, p. 206).

Cartas falsas — Pisânio, seu maldito —
Cortaste o mastro-mor da nau mais brava
Deste mundo! Ó Póstumo! Ai de mim!
Onde está tua cabeça? Onde está ela?
Bem podia Pisânio o coração
Ter matado e a cabeça respeitado.
Como é possível isto? Foi Pisânio?
Ele e Clóten. Maldade e ambição deles
Fizeram a desgraça. Óbvio, é óbvio!
A droga que me deu, dizendo ser
Preciosa, não sedou os meus sentidos?
Confirmado; isto é obra de Pisânio,
E de Clóten — Oh! Cora as minhas faces
Com teu sangue, e terríveis nos mostremos
A quem nos encontrar!

[Mancha de sangue o próprio rosto]

Senhor, senhor!

[Desmaia]

Entram Lúcio, Capitães Romanos e um Adivinho

CAPITÃO ROMANO *[Dirigindo-se a Lúcio]*

Ademais, atendendo às vossas ordens,
As legiões que na Gália se encontravam
Cruzaram pelo mar e vos aguardam
Aqui em Milford Haven com navios.
Estão de prontidão.

LÚCIO

Novas de Roma?

CAPITÃO ROMANO

O povo e homens de bem da nossa Itália
Foram pelo senado recrutados,
Almas mais que dispostas ao serviço;
Vêm sob as instruções do bravo Giácomo,
Irmão de Siena.[25]

---

25) Isto é, do Duque, ou Príncipe de Siena. Apesar de Siena ser uma república, para o público elisabetano, a referência seria entendida como a alguma figura da nobreza (Furness, p. 335 e Nosworthy, p. 137).

LÚCIO

Quando os esperais?

CAPITÃO ROMANO

Com o próximo vento.

LÚCIO

Esse avanço
Nos alenta a esperança. Reuni
As forças; convocai os capitães.
[Saem alguns]
[Dirigindo-se ao Adivinho]
Agora, que sonhastes sobre a guerra?

ADIVINHO

Ontem à noite, os deuses me mostraram
Uma visão — rezei e jejuei,
Pedindo luz: vi o pássaro de Júpiter,
A grande águia romana, alçar seu vôo
Do úmido sul até aqui no oeste,
E nos raios do sol desvanecer;
Se meus pecados não me subverterem
A adivinhação, isto é um bom presságio
Para as tropas romanas.

LÚCIO

Sonhai sempre
Assim, e sem engano.
[Vê o corpo de Clóten]
Devagar!
Um tronco sem a copa? Esta ruína
Sugere nobre casa. Como? Um pajem?
Morto ou adormecido em cima do outro?
Deve estar morto, pois a natureza
Não vai dividir cama com defunto,
Nem vai dormir em cima de cadáver.
Mas vejamos o rosto do rapaz.

CAPITÃO ROMANO

Está vivo, senhor.

LÚCIO

Vai nos falar,
Então, sobre este corpo. Jovem, conta-nos
As tuas aventuras, pois parecem
Ansiosas por audiência. Quem é este,
De quem fazes sangüento travesseiro?
Quem foi este que, contra a natureza,
Deforma o belo quadro? Que interesse
Tens nesta triste ruína? Que ocorreu?
Quem é ele? Quem és tu?

IMOGÊNIA

Sou nada; ou,
Melhor se nada fosse. Eis meu amo,
Um valente britano, e generoso,
Morto pelos montanheses. Não há
Mais amos como ele, ai de mim!
Posso errar do Ocidente ao Oriente,
Buscando achar emprego, tentar muitos,
Todos bons, com lealdade servir; nunca
Encontrarei um amo como este.

LÚCIO

Jovem, com teu lamento me comoves
Tanto quanto o teu amo com seu sangue.
Dize-me o nome dele, bom amigo.

IMOGÊNIA

Richard du Champ.
[À parte]
Se minto, e mal não faço,
Embora os deuses me ouçam, quero crer
Que me perdoam.
[Em voz alta]
Senhor, que perguntastes?

LÚCIO

Teu nome?

IMOGÊNIA

Sou Fidélio, meu senhor.

LÚCIO

E isso demonstras ser.[26] Teu nome vai
Com tua lealdade, e esta com teu nome.
Queres tentar tua sorte junto a mim?
Não direi que me igualo ao outro amo,
Mas, digo, não serás menos amado.
Cartas do Imperador, a mim enviadas
Por um cônsul, não mais valor teriam
Que teu mérito próprio. Vem comigo.

IMOGÊNIA

Irei, senhor. Mas antes, pelos deuses,
Vou proteger meu amo dos insetos,
Cavando tanto quanto for possível
Com estes instrumentos tão ineptos;[27]
Depois de haver com galhos e folhagens
Coberto sua tumba e recitado
Um cento de orações, em meio a lágrimas
E suspiros, eu deixo de servi-lo,
E passo a vos seguir, se me quiserdes.

LÚCIO

Sim, meu bom jovem. E antes de ser amo,
Para ti serei pai. Caros amigos,
O menino a ser homens nos ensina.
Busquemos um local belo e florido
E cavemos, com lanças e alabardas,
Uma cova. Levai-o em vossos braços.
Menino, ele é por ti recomendado,
E há de ser qual soldado sepultado.
Fica feliz; não há porque chorar.
Certas quedas são meio de levantar.

Saem [com o corpo de Clóten]

---

26) Isto é, "fiel", remetendo-se ao sentido do nome assumido por Imogênia.

27) Citando Samuel Johnson, Furness comenta que Imogênia se refere aos próprios dedos (p. 339).

4.3[28] *Entram Cimbeline, Nobres e Pisânio*

CIMBELINE

De novo ide buscar notícias dela.
[Saem um ou mais]
Tem febre, pela ausência de seu filho,
Delira, pondo em risco a própria vida —
Ó Céus, com que vigor me golpeais!
Foi-se Imogênia, meu maior consolo;
Minha Rainha, presa em uma cama,
Quando terríveis guerras me ameaçam;
E foi-se o filho dela, tão preciso
Nesta hora! Isto me abala de tal modo,
Já não tenho consolo.
[Dirigindo-se a Pisânio]
Quanto a ti,
Homem, que deves dela bem saber,
Parecendo ignorar, a cruel tortura
Vai te fazer falar.

PISÂNIO

A vós pertence,
Senhor, a minha vida. Humildemente,
Eu a coloco aos vossos pés. Porém,
Quanto à minha senhora, desconheço
Onde esteja, por que se foi, tampouco
Quando voltará. Rogo a Vossa Alteza
Que um leal servidor me considere.

UM NOBRE

Meu bom Rei, ele estava aqui no dia
Em que se constatou a falta dela.
Atrevo-me a jurar que ele é sincero,
Que lealmente irá cumprir deveres
De súdito capaz. E quanto a Clóten,
Com diligência está sendo buscado,
E será encontrado, não há dúvida.

---

28) Local: Britânia, palácio de Cimbeline.

CIMBELINE

O momento é difícil.

[Dirigindo-se a Pisânio]

Por enquanto,

Estás livre, mas fica a desconfiança.

UM NOBRE

Majestade, com vossa permissão:
Legiões romanas, vindas desde a Gália,
Com um reforço de homens de bem, chegam
À vossa costa, a mando do senado.

CIMBELINE

E o conselho do meu filho e da Rainha!
Com tanto a fazer, sinto-me atordoado.

UM NOBRE

Meu bom Rei, vossas forças poderão
Fazer frente às que estão sendo anunciadas.
Vindo mais, para mais estareis pronto.
Só falta colocá-las em ação,
Pois, por partir anseiam.

CIMBELINE

Obrigado,

Vamos nos retirar,[29] e o tempo certo
Aguardar. Não tememos a ameaça
Que vem da Itália; só nos preocupam
Os eventos aqui. Vamos embora.

Saem [Cimbeline e os Nobres]

PISÂNIO

Não recebo notícias de meu amo
Desde que sobre a morte de Imogênia
A ele escrevi. Estranho. Nem notícias

29) A expressão original — *Let's withdraw* — encerra um jogo de palavras que permanece intacto na tradução: no sentido literal, referente ao fato de Cimbeline, neste momento, retirar-se para seus aposentos, e na sugestão de "retirada", condizente com o estado de espírito abatido do Rei às vésperas da batalha.

De minha ama, que a mim jurou mandar
Mensagens com freqüência. E não sei
O que se deu com Clóten; estou pasmo.
O céu fará sua parte. Sendo falso,
Sou honesto; desleal, sendo leal.
A guerra vai provar que amo meu país —
O Rei vai constatar — ou nela morro.
Dúvida nesta hora tira o prumo,
A sorte leva ao cais barcos sem rumo.

Sai

4.4[30] *Entram Belário, Guidério e Arvirago*

GUIDÉRIO
Vem de todos os lados o barulho.

BELÁRIO
Afastêmo-nos dele.

ARVIRAGO
Que prazer,
Senhor, encontraremos nós na vida,
Se a privamos de ação e de aventura?

GUIDÉRIO
Ora, esperar o quê, nos escondendo?
Que os romanos nos matem, qual britanos,
Ou que nos reconheçam como bárbaros
E ingratos traidores e nos matem,
Quando não precisarem mais de nós!

BELÁRIO
Filhos, vamos para o alto da montanha;
Lá estamos seguros. Não busquemos
O lado do Rei. Novas sobre a morte
De Clóten — por não sermos conhecidos,

30) Local: País de Gales, diante da caverna de Belário.

Nem em tropa alistados — poderiam
A inquéritos levar-nos, obrigando-nos
A contar o local onde vivemos
E o que fizemos, cuja confissão,
P'ra nós, seria a morte por tortura.

GUIDÉRIO

Tal receio, senhor, neste momento,
Não vos cai bem, tampouco nos agrada.

ARVIRAGO

Não creio que ao ouvir o relinchar
Dos cavalos romanos, ao avistar
As legiões acampadas, e mantendo
Olhos e ouvidos tensos como agora,
Eles[31] possam conosco perder tempo,
A indagar de onde somos.

BELÁRIO

Oh! No exército
Sou conhecido. Os anos, como vistes,
Não me apagaram Clóten da memória,
Embora não o visse desde infante.
Além do mais, o Rei já não merece
Meus serviços, tampouco vosso amor,
Vós, que, com meu exílio, vos privastes
De educação, levando vida dura;
De que servem promessas, privilégios
Do vosso berço, se ora sois tostados
Pelos verões e escravos dos invernos?

GUIDÉRIO

A viver assim, é melhor morrer.
Por favor, para o exército, senhor.
Meu irmão e eu não somos conhecidos;
Vós estais tão distante da lembrança,
Tão mudado na idade, que ninguém
Vos irá questionar.

---

31) Isto é, os britanos.

ARVIRAGO

Por este sol
Que nos ilumina, eu irei! Será
Possível que eu jamais tenha assistido
Um homem morrer, nem visto sangrar
Senão lebres covardes, bodes machos
E a caça! Que jamais tenha montado
Em cavalo a não ser o meu, e cujo
Cavaleiro jamais usou espora!
Envergonha-me olhar o sol sagrado,
Desfrutar de seus raios abençoados,
Há tanto tempo sendo um pobre estranho.

GUIDÉRIO

Pelos céus, também vou! A vossa bênção,
Senhor, e permiti minha partida,
Saberei me cuidar; se me negardes,
Que eu sofra as conseqüências do meu ato
Pelas mãos dos romanos.

ARVIRAGO

Digo o mesmo.

BELÁRIO

Se tão pouco prezais as vossas vidas,
Eu não tenho por que zelar assim
Pela minha, tão gasta. Vamos, jovens!
Se em guerras do país quereis morrer,
No mesmo leito, jovens, vou jazer.
Avante, avante!
[À parte] O tempo voa longe.
Por hora pensam ter sangue banal;
Ao jorrar poderão ver que é real.

Saem

ATO V

5.1[1] *Entra Póstumo [vestindo traje de nobre*[2] *italiano e carregando um xale ensangüentado]*

PÓSTUMO

Sim, pano ensangüentado, vou guardar-te,
Pois, um dia desejei-te desta cor.[3]
Ó maridos, se cada um de vós
Seguísseis este curso, quantos não
Matariam, por deslizes tão pequenos,
Esposas mais virtuosas do que vós!
Ah! Pisânio, criado que se preze
Não cumpre toda ordem, só as justas.
Ó deuses! Se tivésseis castigado
Minhas faltas, jamais teria vivido
Para cometer tal ato; teríeis,
Então, poupado a nobre e arrependida
Imogênia e atingido a mim, infausto,
Merecedor da vossa represália.
Levais alguns daqui por poucas faltas;
É por amor, p'ra não caírem mais.
A outros permitis mal após mal,
Mais graves cada vez, até que cheguem
A temer o mal, em seu próprio bem.
Vos pertence Imogênia. Exercei vossa
Benta vontade e a mim abençoai,
P'ra vos obedecer. Aqui me trazem,
Do lado da nobreza italiana,
P'ra combater o reino de Imogênia.
É bastante, Britânia, eu ter matado
Tua obra-prima;[4] não te ferirei.

---

1) Local: Britânia, o acampamento das forças romanas.

2) No original: *gentleman*; *gentry*; o sentido privilegiado na tradução da palavra *gentleman* nesta rubrica fica ratificado na fala que a segue, isto é, no momento em que Póstumo se declara como integrante da nobreza (*gentry*) italiana.

3) Conforme promete a Imogênia na quarta cena do terceiro ato, Pisânio envia a Póstumo um "sinal de sangue", como "prova" de que a teria matado.

4) No original, *mistress-piece*: segundo o *OED*, feminino de *masterpiece* (v. 9, p. 902). F1 registra *Mistris: Peace*; a expressão *mistress-piece* foi sugerida por Staunton já em 1873 (*Athenaeum*, 14 jun.), mas só incorporada ao texto pela Oxford Edition, texto-fonte desta tradução.

Ouvi, portanto, Ó céus, o meu propósito.
Vou tirar este traje[5] de italiano;
E virar um britano camponês.

[Livra-se da roupa][6]

Assim combato quem aqui me trouxe;
Assim morro por ti, Ó Imogênia,
Por quem minha vida é morte em suspiros;
Então, desconhecido, sem causar
Ódio nem compaixão, busco o perigo.
Mais valentia em mim vão apontar
Do que podem meus trajes revelar.
Ó deuses! Dai-me a força dos Leonatos![7]
Para a vergonha do mundo, eu agora
Lanço a moda: mais dentro, menos fora.

Sai

5.2[8] *[Em marcha] Entram Lúcio, Giácomo e o exército romano, por uma porta, e o exército britano, por outra; Póstumo Leonato segue como um soldado comum; atravessam a cena e saem [Alarme]. Voltam, lutando, Giácomo e Póstumo, que vence e desarma Giácomo, deixando-o em seguida.*

GIÁCOMO

O peso e a culpa em meu peito despojam
Minha virilidade. Caluniei
Uma dama, princesa deste país,
Por vingança, o ar daqui me deixa fraco;
Caso contrário, como poderia
Um joão-ninguém,[9] lacaio da natureza,
Vencer-me, logo a mim, profissional?
O uso que das minhas honrarias faço
São títulos de escárnio e de fracasso.

---

5) No original, *weeds*; o sentido aqui empregado está em Shewmaker (p. 492).
6) Póstumo despoja-se de algumas peças do traje de nobre italiano e assume uma aparência simplória.
7) Isto é, dos filhos do leão.
8) Local: Britânia, campo de batalha entre os acampamentos britano e romano.
9) O original registra *carl*; Furness esclarece que *karl,* ou *carl,* correspondem a formas do nome Carl, *Carolus*, em latim, e *Charles*, em francês e inglês. O significado seria "homem do povo", "servo", isto é, homem de origem humilde ou de modos grosseiros (p. 357).

Britânia, se a nobreza aqui supera
Este camponês, tal como ele excede
Nossos nobres, homens somos apenas,
Enquanto, com os deuses, tu acenas.

Sai

5.3[10] *Continua a batalha. [Alarme, ataque, os clarins tocam retirada] Os britanos fogem; Cimbeline é aprisionado. Entram, para socorrê-lo, Belário, Guidério e Arvirago.*

BELÁRIO
Alto! É nossa a vantagem do terreno.
O passo tem defesa. Só nos vence
A mesquinhez da nossa covardia.

GUIDÉRIO e ARVIRAGO
Alto, alto! Lutai!

Entra Póstumo [como um soldado comum] e reforça os britanos. Resgatam Cimbeline e saem.

5.4[11] *[Clarins tocam retirada] Entram Lúcio, Giácomo e Imogênia*

LÚCIO *[Dirigindo-se a Imogênia]*
Rapaz, deserta as tropas e te salva,
Pois amigos se matam; é tão grande
A confusão que a guerra é como cega.

GIÁCOMO
São os reforços que eles receberam.

10) Local: o mesmo da cena anterior. O Fólio não traz aqui o início de uma nova cena (p. 900). Taylor justifica a interpolação, argumentando que, com a saída de Giácomo, o palco fica vazio, o que ensejaria nova cena (*Textual Companion*, p. 608).

11) Local: o mesmo da cena anterior. Novamente, o Fólio não traz aqui divisão de cena. Como justificativa de sua interpolação, Taylor repete a argumentação resumida na nota anterior.

LÚCIO

Foi estranha a virada deste dia.
Ou obtemos reforços ou fugimos.

Saem

5.5[12] *Entra Póstumo [como um soldado comum] e um Nobre Britano*

NOBRE

Vens do local onde houve resistência?

PÓSTUMO

Venho, mas pareceis vir dos fujões.

NOBRE

É verdade.

PÓSTUMO

Não vos culpo, pois tudo era perdido,
Se o céu não combatesse. O próprio Rei
Perdeu os flancos, tropas se racharam,
E ele só via as costas dos britanos,
Todos fugindo numa estreita vala.
O inimigo, com brio renovado,
Com a língua de fora na matança,
E tendo mais trabalho do que braços,
Prostrou alguns na morte, alguns com simples
Toque, outros caíram só de medo,
E assim ficou a vala bloqueada
De defuntos feridos pelas costas,
E covardes, vivendo p'ra morrerem
Na vergonha.

NOBRE

Onde fica essa tal vala?

12) Local: o mesmo da cena anterior. No Fólio esta vem a ser a terceira cena do quinto ato.

PÓSTUMO

Bem perto da batalha, uma trincheira,
As laterais cobertas de uma relva,
Do que se aproveitou um velho e bravo
Soldado que merece vida longa,
Como lhe prenuncia a barba branca,
Pelo serviço à pátria. Dos dois lados
Da vala, ele e dois jovens — rapazolas
Mais aptos a correrem pelo campo
Do que à matança, rostos para máscaras,
Ou melhor, mais bonitos do que aqueles
Que em precaução ou pudor se protegem[13] —
Valeram-se do passo e, aos que fugiam,
Gritavam: "São as corças da Britânia
Que em plena fuga morrem, não seus homens.
As almas dos que fogem vão às trevas.
Alto! Ou somos romanos, vos caçando
Qual feras, que evitais tão ferozmente,
E de quem poderíeis escapar
Se désseis meia-volta e enfrentásseis!
Alto, alto!" Esses três, em destemor
E ação valendo três mil — porque três
Valentes são o exército, se o resto
Não faz nada — com esse grito, "Alto!",
Co'a ajuda do local, feito mais mágico
Pela sua honradez, e bem capaz
De mudar fuso em lança, iluminaram
As mais pálidas faces. Por vergonha,
Ou com brio renovado, alguns que haviam
Sido por covardia contagiados —
Oh! Pecado da guerra, condenável
Naqueles que de exemplo vão servir! —
Puseram-se a imitar os três, mostrando
Os dentes frente às lanças na caçada.
A perseguição é interrompida,
A retirada, logo uma baderna;
Fogem como galinhas, no caminho

13) Na paráfrase de Nosworthy, os rostos dos dois jovens seriam mais belos do que os de damas que usavam máscaras para se protegerem do sol ou por recato (p. 150).

Por onde como águias avançaram.
Como escravos, refazem as passadas
Que como vencedores tinham dado;
Então, nossos covardes, qual migalhas
Em viagens penosas, dão sustento.
Achando a porta aberta para entrarem
Em corações sem guarda, como ferem!
Alguns mortos, alguns agonizantes,
Amigos que tombaram no outro embate,
Um perseguindo dez, matando vinte.[14]
Quem preferia morrer a resistir,
Vira o terror do campo de batalha.

NOBRE

Que coisa inusitada: vala estreita,
Um velho e dois rapazes.

PÓSTUMO

Não fiqueis
Admirado. Sois mais dado a admirar
Coisas que ouvis contar, do que fazer.
Por galhofa, quereis rima compor
E fazer circular?[15] Eis uma aqui:
"Dois guris, uma vala e um velho jovem
Salvam britanos, romanos demovem".

NOBRE

Não te zangues, senhor.

PÓSTUMO

Por que zangar?
Correr de inimigo é amigo ficar;
Bem sei, se agirdes como vos convém,

---

14) Maxwell cita a paráfrase de Sisson, a qual aceito: "na confusão, eles [os britanos] golpeiam, indiscriminadamente, cadáveres, homens prestes a morrer, alguns dos quais aliados que haviam sido feridos no último ataque" (p. 203).

15) Nosworthy comenta que a força da observação de Póstumo advém do fato de que o Nobre é um cortesão afetado (eu acrescentaria — covarde), dado a fazer verso por diletantismo, um sujeito que teria vindo ao mundo para apenas admirar baladas de guerra, em lugar de em guerras participar. Com desprezo, Póstumo estaria lhe dizendo que não se admirasse diante de fatos, apenas diante de ficção.

Da minha amizade correis também.
Levais-me a poetar.

NOBRE

Zangaste; adeus.

Sai

PÓSTUMO

Continua fugindo! É isto um nobre?
Nobreza miserável! Vir da luta
E perguntar-me: "Como vão as coisas?"
Quantos teriam a honra hoje vendido,
Para salvar a pele — caíram fora,
E encontraram a morte! Eu, no feitiço
Da minha própria dor, não pude achar
A morte onde a ouvi gemer, tampouco
Senti-la onde feria. Sendo monstruosa,
É estranho que se esconda em taças frescas,
Camas macias, palavras carinhosas,
Que tenha mais agentes do que nós,
Que na guerra sacamos seus punhais.
Muito bem, estou certo de encontrá-la,
Pois, se ela agora está com os britanos,
Não mais serei britano; voltarei
Ao papel em que vim.[16] Não luto mais;
Entrego-me ao primeiro camponês
Que em meu ombro tocar.[17] Grande é a matança
Feita pelos romanos por aqui;
Grande será a resposta dos britanos.
Para mim, o resgate será a morte,
Em qualquer lado selo a minha sorte.
Não prezo a vida e não vou mais viver,
Por Imogênia acho meio de morrer.

Entram dois capitães [britanos] e soldados

16 Abatido, Póstumo lamenta não ter sido morto na batalha, e decide voltar ao disfarce de romano, na esperança de ser capturado e executado pelos britanos (Boyce pág. 144).

17) Furness, Nosworthy e Evans esclarecem que o gesto caracterizava a condição de prisioneiro (p. 367, p. 152 e p. 1.600).

PRIMEIRO CAPITÃO

Salve Júpiter! Lúcio é prisioneiro.
Dizem que o velho e os filhos eram anjos.

SEGUNDO CAPITÃO

Houve um quarto homem, tosco era seu traje,
Que junto a eles lutou.

PRIMEIRO CAPITÃO

É o que se diz;
Nenhum deles, porém, foi encontrado.
Alto lá! Quem está aí?

PÓSTUMO

Um romano
Que aqui não cairia, se os aliados
O houvessem apoiado.

SEGUNDO CAPITÃO *[Dirigindo-se aos soldados]*

Agarrai este cão! Nenhuma perna
A Roma voltará para contar
Dos corvos que os bicaram por aqui.
Gaba-se de seus feitos qual alguém
Importante. Levai-o até o Rei.

[Clarinada] Entram Cimbeline [com seu séquito], Belário, Guidério, Arvirago, Pisânio e prisioneiros romanos. Os capitães apresentam Póstumo a Cimbeline, que o entrega a um carcereiro. [Saem todos, exceto Póstumo e dois carcereiros, que põem ferros em suas pernas][18]

PRIMEIRO CARCEREIRO

Não fugirás. Estás seguro em ferros;
Pasta como puderes.

SEGUNDO CARCEREIRO

Bom proveito!

[Saem os carcereiros]

---

18) Seguindo o Fólio, Furness, Nosworthy, Maxwell e Evans marcam aqui o início de uma nova cena. Taylor diverge. Por questão de método, sigo Taylor.

PÓSTUMO[19]

Bem-vindo, cativeiro! És o caminho
Da liberdade. Sinto-me mais apto
Do que aquele que sofre com artrite,
Que prefere gemer perpetuamente
A ser curado pelo grande médico,
A morte, chave que abre estes meus ferros.
Ó consciência! Estás mais algemada
Que meus punhos e pernas. Concedei-me,
Bons deuses, o instrumento penitente
Para abrir esta tranca e ficar livre,
Para sempre. Não basta que eu me doa?
Filhos assim acalmam pais terrenos.
Os deuses têm bem mais misericórdia.
Se vou me arrepender, nada melhor
Do que ser posto em ferros desejados.
Se quereis cobrar mais pelo perdão
Que minha liberdade, tirai mais,
O que tenho mais caro, minha vida.
Sei que sois mais clementes que homens vis,
Que um terço, um sexto, um décimo carregam
Dos que devem, deixando-os prosperar
Com o que sobrou. Não desejo isso.
Pela preciosa vida de Imogênia,
Levai a minha; embora valha menos,
É uma vida, e foi por vós cunhada.
Não pretendeis pesar cada moeda;
Aceitai as mais leves pela efígie,
A minha tanto mais, que vos pertence.[20]
Portanto, grandes deuses, se aceitais
Essa troca, levai a minha vida
E cortai-me as amarras. Imogênia,
Vou falar-te em silêncio!

---

19) Em entrevista concedida a este tradutor, em 19 set. 1997, Damian Lewis, ator da Royal Shakespeare Company que representou papel de Póstumo na produção dirigida por Adrian Noble, durante a temporada de 1997, e encenada no Royal Shakespeare Theatre, em Stratford-upon-Avon, declarou ser esta, em sua opinião, a principal fala do personagem na peça. Lewis entende este trecho como uma "prece" feita por um Póstumo em desespero, que vê no cárcere e na morte um "pacto de amor", um meio de se redimir e se reunir a Imogênia.

20) Isto é, por ter sido cunhada por vós.

[Adormece] Música solene. Entra, como se fora um espectro, Cecílio Leonato (pai de Póstumo, um ancião), em trajes de guerra, conduzindo pela mão uma senhora, sua esposa, mãe de Póstumo, precedidos de música. Em seguida, precedidos de mais música, entram os dois jovens Leonati, irmãos de Póstumo, exibindo os ferimentos com que morreram na guerra. Circundam Póstumo, que continua adormecido.

CECÍLIO

Senhor do trovão, não mais demonstreis
Aos mortais impropério.
Com Marte brigai, com Juno ralhai,
Pois, de vosso adultério
Sempre estão a cuidar.
Não fez somente o bem meu pobre filho,
Que não cheguei a ver?
Morri quando no ventre ele inda estava,
À espera de nascer.
Se sois, conforme consta, pai dos órfãos,
Vosso filho ele era,
E a ele deveríeis proteger
Da dor que o mundo gera.

MÃE

Lucina a mim auxílio não prestou,
Na hora não tive abrigo;[21]
De mim foi o meu Póstumo arrancado,
Em meio ao inimigo,
Coisa digna de pena.

CECÍLIO

Como os ancestrais, deu-lhe a natureza
Caráter verdadeiro;
Do mundo ele louvores mereceu,
Foi de Cecílio herdeiro.

PRIMEIRO IRMÃO

Quando cresceu e um homem se tornou,
Na Britânia não havia

21) Trata-se da deusa romana que protege mulheres na hora do parto (Davis & Frankforter, p. 289).

Quem pudesse com ele competir;
Outro homem não cabia
Nos olhos de Imogênia, e quem melhor
Seu valor julgaria?

MÃE

Humilhado ele foi no casamento;
Foi expulso e exilado
Da casa dos Leonato, e do convívio
Da amada separado —
Sua querida Imogênia.

CECÍLIO

Por que vós consentistes que Giácomo,
Da Itália essa imundícia,
Seu nobre coração infeccionasse
Com suspeita impropícia,
Transformando-o num tolo, numa troça,
Vítima de malícia?

SEGUNDO IRMÃO

Deixamos por isso a sublime esfera,
Nós dois e nossos pais,
Nós, que lutando em nome desta pátria,
Caímos, sendo mortais,
Para a honra e o direito de Tenâncio
Salvar para os anais.

PRIMEIRO IRMÃO

A mesma valentia mostrou Póstumo,
De Cimbeline aliado;
Por que, Júpiter, que sois reis dos deuses,
Deixastes adiado
O favor que seu mérito merece,
Sendo na dor tomado?

CECÍLIO

Abri vossa janela de cristal,
Poupai a esses valentes,

Essa raça tão plena de coragem,
De outros males potentes.

MÃE
Júpiter, libertai-o de sua dor,
Nosso filho é decente.

CECÍLIO
Olhai da casa em mármore; ajudai,
Ou, por vossa maldade,
Incitamos os deuses reunidos,
Contra vós, divindade.

IRMÃOS
Júpiter, ajudai, ou apelamos
Da vossa probidade.

Júpiter desce, em meio a relâmpagos e trovões, montado em uma guia. Lança um raio. Os espectros caem de joelhos.[22]

JÚPITER
Espíritos das baixas regiões,
Chega de ofensas. Fantasmas, ousais
Acusar quem comanda estes trovões,
Que vêm do céu, destruindo tudo o mais?
Ide, sombras do Elíseo,[23] e descansai
Sobre vossos jardins de eternas flores.
Não vos perturbeis com casos mortais,
Não é vosso dever; são minhas dores.
A quem amo, castigo; assim, meu ganho
No atraso tem mais gosto. Escutai bem,
Vosso deus ergue o filho agora estranho:

---

22) No palco, a "descida" de um deus remonta ao teatro grego, na figura do *deus ex machina*, baixado, mecanicamente, ao tablado para servir de elemento catalisador da ação. O mecanismo parece ter sido usado no teatro elisabetano. Comentando a "descida" de Júpiter na presente cena, Nosworthy nos faz lembrar que a "descida" de Ariel, em forma de gavião-real, no ato III, cena iii, de *A Tempestade*, constituiria gesto teatral de sofisticação comparável (p. 159).

23) Os Campos Elíseos seriam uma região encantada, além do horizonte, para onde eram transportados, com vida, os heróis da mitologia grega, e onde encontravam eterna paz (Davis & Frankforter, pp. 148-49)

Será feliz; pesares já não tem.
Em seu nascer brilhou a minha estrela,
E em meu templo casou. Levantai, ide.
E, quanto a Imogênia, vou fazê-la
Sua feliz mulher, ninguém duvide.
Colocai-lhe esta tábua sobre o peito,
Pois nela eu gravei o seu destino.
[Entrega aos espectros uma tábua, que estes colocam sobre o peito de Póstumo]
Parti! Queixas de vós não mais aceito,
Não quereis me levar ao desatino.
Sobe, águia, ao meu palácio cristalino.

Sobe [aos céus]

CECÍLIO

Chegou com o trovão. Cheirava a enxofre
O hálito celestial. A águia sagrada
Baixou como disposta a nos levar.
Subiu com mais perfume do que os campos.[24]
A ave nobre penteia a asa imortal
E coça o bico, o que sempre faz quando
Seu deus está feliz.

TODOS OS ESPECTROS

Gratos, Ó Júpiter!

CECÍLIO

A abóbada de mármore se fecha;
Ele está sob o teto glorioso.
Vamo-nos, ele está nos abençoando,
Com atenção cumpramos seu comando.

Desaparecem [os espectros]
[Póstumo acorda]

24) Isto é, Júpiter desce cheio de ódio (considerando a encenação original, o cheiro forte pode ser decorrente da queima de fogos com o objetivo de reproduzir o ruído do trovão anunciado na rubrica da cena) e, após atender às súplicas dos espectros, na percepção de Cecílio, parece ascender em meio a aroma mais doce do que aquele que circunda os espectros nos Campos Elíseos (Maxwell, p. 208).

PÓSTUMO

Sono, foste um avô, pois me geraste
Um pai, criaste a mãe e dois irmãos.
No entanto, que tristeza, esvaneceram!
Daqui partiram logo que nasceram.
Então, estou desperto. Os infelizes,
Que a grandes devem ordens e deslizes,
Sonham como eu, despertam, nada encontram.
Estou errado; alguns sequer contemplam,
Nem merecem, e vêem favor sobrar.
É meu caso, em visão de ouro sonhar.
Fadas neste lugar? Vejo um livreto?
Que belo, que não seja um amuleto
Falso como o mundo, onde quase tudo
Possui capa mais nobre que conteúdo.
Que teu teor dos nossos cortesãos
Difira, e muito: cumpre tuas promessas.

Lê

"Quando um filhote de leão, sem o saber, encontrar, sem procurar, um sopro de ar ameno que o abrace, e quando de um cedro imponente os galhos despencados, mortos há anos, reviverem para serem ao velho tronco reintegrados, voltando a crescer, então, Póstumo verá o fim de seu sofrimento e a Britânia encontrará a felicidade, prosperando na paz e na fartura".
Inda é sonho, ou então, será loucura,
Ou mesmo ambos, ou nada; ou carece
De sentido, ou possui algum sentido
Que o sentido não tem como explicar.
Seja o que for, parece a minha vida;
A tábua vou guardar, por simpatia.[25]

Entra o carcereiro

CARCEREIRO

Então, senhor, estais pronto p'ra morte?

PÓSTUMO

Até passei do ponto; há muito tempo.

---

25) Póstumo identifica-se com a situação descrita na placa (Schmidt, v. 2, p. 1.171).

CARCEREIRO

Ficareis pendurado, senhor. Se estais pronto para isso, estais bem no ponto.[26]

PÓSTUMO

Sendo assim, se eu servir de petisco aos espectadores, o próprio prato paga a despesa.

CARCEREIRO

A conta é alta, senhor. Mas o consolo é que nada mais pagareis; não temais as contas da taverna, que tantas vezes perturbam a despedida, embora tenham alegrado o encontro. Lá entramos desfalecidos de fome; de lá saímos cambaleantes de bebida, aborrecidos por havermos pago demais, aborrecidos por termos bebido demais, com bolsa e cérebro vazios; o cérebro nos parece pesado, por estar leve, a bolsa tanto mais leve, livre do peso. Desse paradoxo estareis em breve livre. Oh! Que caridade pode um centavo de corda fazer! Num instante, liquida contas de milhões. Não existe melhor livro-caixa, seja de contas passadas, presentes ou futuras. Vosso pescoço, senhor, será pena, livro e contador; tudo estará quitado.

PÓSTUMO

Sinto-me mais feliz em morrer do que tu em estares vivo.

CARCEREIRO

Sem dúvida, senhor, quem dorme não sente dor de dente; mas, ao se preparar para dormir um sono como o vosso, sendo levado para cama por um carrasco, qualquer um gostaria de trocar de lugar com o algoz. Vede bem, senhor, não sabeis que caminho seguireis.

PÓSTUMO

Sei muito bem, companheiro.

CARCEREIRO

Então, vossa morte tem olhos. Não é assim que a vejo nas pinturas. Ou aceitais ser conduzido por quem se diz conhecedor do caminho, ou assumis

---

26) O original registra *hanging*; favoreço o sentido literal, enfatizando o campo semântico que inclui a noção de carnes que costumavam ficar penduradas, por exemplo, toucinho, lingüiça, aves, caça, etc. (Furness, pp. 386-87). Ademais, não creio que o sentido literal — "pendurado" — exclua a subjacente noção da forca. Em prosa, os gracejos do carcereiro constituem exemplo típico do que alguns estudiosos chamariam de "alívio cômico", neste caso, não antes da catástrofe, pois não haverá catástrofe, mas antes do *denouement*.

a respon-sabilidade sobre algo que, tenho certeza, não sabeis, ou, então, arriscais descobrir. E creio que jamais retornareis, para contar como transcorreu vossa viagem.

PÓSTUMO

Companheiro, posso afirmar: só carecem de olhos que os guiem pelo caminho que me aguarda aqueles que não os querem abrir.

CARCEREIRO

Infinita ironia, que um homem use os olhos para ver o caminho do escuro! Tenho certeza de que a forca leva a olhos fechados.

Entra um mensageiro

MENSAGEIRO

Tira-lhe as algemas e leva teu prisioneiro ao Rei.

PÓSTUMO

Trazes boa nova; sou chamado para a liberdade.[27]

CARCEREIRO

Nesse caso, serei eu o enforcado.

PÓSTUMO

Serás, então, mais livre do que um carcereiro; não há ferros para os mortos.

CARCEREIRO *[À parte]*

A exceção de alguém que quisesse se casar com a forca e gerar forcazinhas, nunca vi sujeito por ela tão entusiasmado. Mas, em sã consciência, tem gente bem mais vadia do que ele querendo viver, embora seja um romano; e muitos deles não aceitam morrer. Assim seria comigo, fosse eu um deles. Bom seria se fôsse-mos todos iguais, e todos bons. Oh! Seria a tristeza dos carcereiros e das forcas! Falo contra meu próprio interesse; bom seria, também, que eu fosse promovido.

Sai

---

27) Desconhecendo o motivo do chamado à presença real, Póstumo acredita que está sendo encaminhado ao cadafalso, para ser "libertado" na morte.

5.6[28] *[Clarinada] Entram Cimbeline, Belário, Guidério, Arvirago, Pisânio e Nobres*

CIMBELINE *[Dirigindo-se a Belário, Guidério e Arvirago]*
Vós que os deuses fizeram salvadores
Do meu trono, ao meu lado colocai-vos.
Pesa em meu coração o pobre soldado,
Que com tanta bravura combateu,
Cujos farrapos armamentos de ouro
Envergonharam, cujo peito nu
Se apresentava à frente dos escudos,
Não ter sido encontrado. Feliz quem
O encontrar, pois, terá a nossa graça.

BELÁRIO
Nunca vi fúria tão nobre em criatura
Tão modesta, façanhas tão honrosas
Num homem cujo aspecto prometia
Só miséria e pobreza.

CIMBELINE
Novas dele?

PISÂNIO
Entre os vivos e os mortos procuraram-no,
Mas não há pista dele.

CIMBELINE
Infelizmente,
Herdo eu a recompensa que era dele,
A qual entrego a vós,
[Dirigindo-se a Belário, Guidério e Arvirago]
que sois o fígado,
Cérebro e coração desta Britânia,
E graças a quem ela sobrevive.[29]
Urge saber de onde viestes. Falai.

---

28) Local: Britânia, barraca de Cimbeline no acampamento britano. Vários estudiosos reconhecem nesta última cena da peça, em que podem ser enumerados cerca de 24 *denouements*, uma demonstração de virtuosidade técnica. George Bernard Shaw, no entanto, abominava o desfecho da peça.

29) Remetendo-se a Tillyard (*The Elizabethan World Picture*), Nosworthy comenta que, na Inglaterra elisabetana, fígado, cérebro e coração eram considerados os três órgãos vitais do corpo humano (p. 165).

BELÁRIO

Senhor, somos de Câmbria,[30] homens de bem.
Falar mais não seria leal nem modesto,
Exceto acrescentar sermos honestos.

CIMBELINE

Ajoelhai.

[Ajoelham-se. São feitos cavaleiros]

Cavaleiros de batalha,
Levantai-vos. Sereis meus companheiros
E vos investirei da dignidade
Condizente com vosso novo status.

[Levantam-se Belário, Guidério e Arvirago]
Entram Cornélio e damas

Tendes feições sombrias. Por que em tristeza
Saudais nossa vitória? Pareceis
Romanos, não da corte da Britânia.

CORNÉLIO

Salve, grande monarca! P'ra estragar
Vossa alegria, cumpre-me informar:
A Rainha está morta.

CIMBELINE

Sendo médico,
Quem menos adequado a transmitir
Tal informe? Porém, vale lembrar,
Medicina prolonga a vida, mas
A morte apanhará o próprio médico.
Como morreu?

CORNÉLIO

Em condições terríveis,
Louca, como vivera; cruel ao mundo,
Acabou sendo cruel consigo mesma.
Se for do vosso agrado, informo o que ela

---

30) Trata-se do termo que, em latim medieval, corresponde a Gales (Davis & Frankforter, p. 76). Vide Ato III, nota 9.

Confessou. Estas aias me corrijam
Se eu errar, pois, chorando, viram tudo.

CIMBELINE
Fala, senhor.

CORNÉLIO
Primeiro, confessou
Que jamais vos amara, só o poder
Conseguido através de vós; casara-se
Com vossa realeza, era consorte
Do posto, tinha ódio à pessoa.

CIMBELINE
Só ela sabia; não estivesse à morte,
Eu não daria crédito a seus lábios.
Prossegue.

CORNÉLIO
Quanto à vossa cara filha,
Que ela fingia amar profundamente,
Era um escorpião para os seus olhos,
Cuja vida, não fosse pela fuga,
Ela teria tirado com veneno.

CIMBELINE
Oh! Demônio sutil! Quem pode ler
Uma mulher? Há mais o que falar?

CORNÉLIO
Mais, senhor, e pior. Confessou ter
Para vós um veneno mineral,
Capaz de vos sugar a vida aos poucos,
E vos definhar mais que lentamente.
Nesse ínterim, estava decidida,
Com vigílias, lágrimas, cuidados,
Beijos, a dominar-vos com sua farsa;
Enfim, depois de vos enfeitiçar,
Faria seu filho herdeiro da coroa.
Frustrada em seu propósito, devido

À estranha ausência dele, se tornou
Impudente e contou tudo, apesar
Dos deuses e dos homens, lamentando
Que os males que incubara não vingassem;
Morreu ensandecida.

CIMBELINE
Ouvistes tudo isso, aias?

DAMAS
Sim, ouvimos, Alteza.

CIMBELINE
Estes meus olhos
Não se enganaram, pois ela era linda;
Nem meus ouvidos, por ouvir-lhe os mimos,
Nem o coração, nela acreditando.
Teria sido um erro desconfiar.
Contudo, Ó minha filha! Que loucura,
Dirás, e com tua dor comprovarás.
Entrego tudo aos céus!
Entram Lúcio, Giácomo, [o Adivinho], outros prisioneiros romanos, seguidos por Póstumo e Imogênia [em traje masculino, todos escoltados por soldados britanos]
Não venhas, Caio,
Cobrar tributo. Disso se livraram
Os britanos, embora com a perda
De muitos bravos, cuja parentela
Pede que as almas deles aplaquemos
Com o vosso extermínio, prisioneiros,
O que lhes concedi. Pois, preparai-vos.

LÚCIO
Senhor, pensai que a guerra é sempre incerta.
Vencestes por acaso. Se vencêssemos,
Os prisioneiros não ameaçaríamos
Com a espada, depois de esfriado o sangue.
Porém, se decidiram os bons deuses
Que só a morte serve de resgate,
Que ela venha. Com coração romano
Um romano é capaz de resistir.

Augusto vive, e vai pensar no caso;
E quanto a mim, já basta. Só vos peço
Uma coisa:

[Apresenta Imogênia a Cimbeline]

meu jovem, que é britano,
Que seja resgatado. Nenhum amo
Teve um pajem tão bom, tão diligente,
Tão atencioso, honesto, tão capaz,
Tão maternal; que o mérito se junte
Ao meu pedido, o que por Vossa Alteza
Não há de ser negado. Não fez mal
A britano algum, mesmo com romanos.
Salvai-o, Rei, e não poupeis mais sangue.

CIMBELINE

Eu creio que já o vi. Suas feições
A mim não são estranhas. Meu rapaz,
Caíste em minhas graças; serás meu.
Não sei por que, nem como, agora digo:
'Vive, rapaz!' Ao teu amo não deves.
Vive, e podes pedir a Cimbeline
Qualquer coisa; conforme o meu favor
E a tua condição, serás ouvido;
Sim, mesmo que pedisses pela vida
Do mais nobre entre os nossos prisioneiros.

IMOGÊNIA

Sou grato à Vossa Alteza, humildemente.

LÚCIO

Não te ordeno a pedir por mim, bom jovem,
Mas sei que o farás.

IMOGÊNIA

Não, infelizmente,
Há outras questões prementes. Vejo algo
Amargo como a morte.[31] Vossa vida,
Bom amo, há de livrar-se por si mesma.

---

31) Isto é, o anel no dedo de Giácomo (Nosworthy, p. 169, Maxwell, p. 212 e Evans, p. 1.604).

LÚCIO
O rapaz me despreza, me abandona,
Zomba de mim. É mesmo desatino
Confiar em menina e em menino.
Por que está tão perplexo?

CIMBELINE *[Dirigindo-se a Imogênia]*
Que desejas?
Cresce minha afeição por ti; reflete
No que queres pedir. Tu reconheces
Este homem? Fala; queres que ele viva?
É teu parente, amigo?

IMOGÊNIA
É um romano,
E tão parente meu quanto eu sou vosso,
Pois, vosso vassalo tendo nascido,
Sou mais chegado a vós.

CIMBELINE
Por que o encaras?

IMOGÊNIA
Eu vos direi, senhor, secretamente,
Se quiserdes me ouvir.

CIMBELINE
De coração,
E serei todo ouvidos. O teu nome?

IMOGÊNIA
Fidélio, meu senhor.

CIMBELINE
És bom menino,
Meu pajem; sou teu amo. Vem comigo,
Fala-me com franqueza.

[Cimbeline e Imogênia conversam em particular]

BELÁRIO *[À parte, dirigindo-se a Guidério e Arvirago]*
Este pajem terá ressuscitado?

ARVIRAGO
Como dois grãos de areia se parecem,
Este jovem corado faz lembrar
Fidélio, que morreu.[32] Que pensais disso?

GUIDÉRIO
O mesmo que morreu, agora, vive.

BELÁRIO
Calma, calma, observemos mais um pouco.
Não nos vê. Um momento, há pessoas
Que se parecem. Fosse ele, estou certo,
Viria falar-nos.

GUIDÉRIO
Mas vimo-lo morto.

BELÁRIO
Calados; observemos mais um pouco.

PISÂNIO *[À parte]*
É minha ama. Uma vez que está com vida,
O que o tempo nos traz já não importa.

CIMBELINE *[Dirigindo-se a Imogênia]*
Vem, fica ao nosso lado; com voz alta,
Faz teu pedido.
[Dirigindo-se a Giácomo]
À frente, senhor.
Respondei, francamente, a este rapaz,
Ou, na nossa grandeza e nossa graça,
Na nossa honra, a tortura mais cruel
Vai apartar o falso do verídico.
[Dirigindo-se a Imogênia]
Vai, fala-lhe.

32) Sigo aqui a paráfrase de Furness (p. 401).

IMOGÊNIA

Só quero que este nobre
Explique como obteve seu anel.

PÓSTUMO *[À parte]*
Que tem ele com isto?

CIMBELINE *[Dirigindo-se a Giácomo]*
O diamante
Que está em vosso dedo, declarai,
Como é que foi parar em vossa posse?

GIÁCOMO
Devíeis torturar-me a não falar
O que ao falar será vossa tortura.

CIMBELINE
A minha, como?

GIÁCOMO
Apraz-me ser forçado
A falar de algo que esconder me aflige.
Consegui este anel só por maldade;
Pertencia a Leonato, que banistes,
P'ra maior desgosto vosso que meu,
O homem de mais nobreza que há na Terra.
Ouvireis mais, senhor?

CIMBELINE
Até o fim.

GIÁCOMO
Vossa filha, modelo de criatura,
Por quem meu coração quer verter sangue,
Minha alma falsa treme — desfaleço.

CIMBELINE

Minha filha? Que sabes dela? Anima-te!
Será melhor que tenhas vida longa
Do que morreres antes de falar.
Coragem, homem! Fala!

GIÁCOMO

Certa vez —
Relógio vil que àquela hora bateu —
Em Roma — Oh! Solar maldito em que —
Havia festa — Quem dera que a comida
Contivesse veneno, pelo menos
Aquilo que comi! — o nobre Póstumo —
Que direi? — Demais nobre para estar
Na companhia de homens tão maldosos,
Ele sendo o melhor entre os melhores —
Com ar grave, escutava-nos gabar
Das nossas namoradas italianas,
Belezas que tornavam impotente
O inflado elogio do poeta,
Formas que fariam mancas parecerem
As estátuas de Vênus e Minerva,
Portes que a natureza superavam,
Caráteres que uniam mesmo todos
Os dons que homens amam nas mulheres,
Verdadeiros anzóis de casamento,
Encanto que chega a ferir a vista.

CIMBELINE

Sinto-me caminhando sobre brasas;
Sê objetivo.

GIÁCOMO

Breve chego lá,
A não ser que queirais logo sofrer.
Como convinha a um nobre apaixonado
Por princesa, tomou a deixa, e sem
Desmerecer aquelas que elogiávamos —
Calmo como a virtude — foi traçando
O retrato da amada, com palavras;

Depois, acrescentou-lhe tal espírito,
Que nossos elogios tão furados
Pareciam falar de cozinheiras;
Fez-nos de inexpressivos imbecis.

CIMBELINE

Ora, ora, vamos logo ao que interessa.

GIÁCOMO

A honra de vossa filha — p'ra começo.
Falou como se o sonho de Diana
Fosse ardente e o de vossa filha casto,
Do que eu, pobre coitado, duvidei,
E com ele apostei moedas de ouro,
Contra isto que no dedo ele trazia,
Que deitaria na cama dele, e o anel,
Graças ao adultério, ganharia.
Ele, como autêntico cavaleiro,
Certo da honra da esposa, honra que eu
Pude constatar, este anel arrisca —
O que faria mesmo em se tratando
Do brilhante da roda do deus Febo,
E mesmo que valesse o carro inteiro.
Com este fim, parto eu para a Britânia.
Recordai-vos de mim, senhor, na corte,
Onde aprendi com vossa honrada filha
A diferença entre amor e malícia.
Extinta a esperança, não o ardor,
Minha mente italiana pôs-se a agir
Ferozmente em vossa ingênua Britânia,
Para o meu benefício. Resumindo,
Foi certeira a estratégia: voltei eu
Com prova suficiente a deixar louco
O nobre Leonato, pondo em risco
Sua confiança na honra de Imogênia;
Usei estratagemas: descrevi
Tapeçarias, quadros de seu quarto,
Mostrei-lhe o bracelete — Oh! ardil!
Como o consegui! — Mais, certos sinais
Secretos em seu corpo, de tal modo,

Que a ele só restava acreditar
Que ela havia quebrado o voto casto,
Justamente comigo. A essa altura —
Ainda posso vê-lo —

PÓSTUMO *[Avançando]*

Sim, o vês,
Demônio italiano! Ai de mim,
Tolo que em tudo crê, grande assassino,
Ladrão, digno da pecha que couber
A vilões de ontem, de hoje e de amanhã!
Oh! dai-me corda, faca ou veneno,
Algum íntegro juiz! Ó Rei, chamai
Hábeis torturadores. Sou aquele
Que atenua o que é torpe neste mundo,
Sendo ainda pior. Sim, eu sou Póstumo,
O que matou a vossa filha — minto,
Sendo vil — que mandou vilão menor,
Sacrílego ladrão, fazê-lo. O templo
Da virtude era ela; em si, virtude.
Cuspi, atirai pedra e lama em mim;
Atiçai contra mim os cães da rua.
Chamai vilões de "Póstumo Leonato",
A maldade não será mais a mesma!
Ó Imogênia! Rainha, vida minha,
Esposa, Ó Imogênia, Ó Imogênia!

IMOGÊNIA *[Aproximando-se]*
Calma, calma, senhor. Ouvi, ouvi.

PÓSTUMO
Pensas que é teatro? Pajem insolente!
Eis teu papel.

[Bate nela, que vai ao chão]

PISÂNIO *[Avançando]*

Senhores, socorrei!
Minha senhora e vossa! Oh! senhor,
Póstumo, aqui matastes Imogênia.

Socorrei, socorrei!
[Dirigindo-se a Imogênia]
Senhora honrada!

CIMBELINE
O mundo ainda gira?

PÓSTUMO
Por que sinto
Tudo girar?

PISÂNIO *[Dirigindo-se a Imogênia]*
Senhora, despertai.

CIMBELINE
Se for assim, que os deuses me fulminem,
De tanta alegria.

PISÂNIO *[Dirigindo-se a Imogênia]*
Como vos sentis?

IMOGÊNIA
Oh! Vai-te daqui! Deste-me veneno.
Fora, homem perigoso. Não respires
O mesmo ar que os príncipes.

CIMBELINE
É a voz de Imogênia.

PISÂNIO
Ama, se eu não pensei que aquela caixa
Fosse algo precioso, então, que os deuses
Lancem sobre mim rochas sulfurosas.
Recebi-a da Rainha.

CIMBELINE
Novidades!

IMOGÊNIA
Envenenou-me.

CORNÉLIO

Deuses! Esqueci
Um fato que a Rainha confessou
[Dirigindo-se a Pisânio]
E que deve provar tua inocência.
"Se Pisânio", ela disse, "deu à ama
A poção que lhe dei dizendo tônico,
Ela teve o fim que eu daria a um rato".

CIMBELINE

Mas, que é isto, Cornélio?

CORNÉLIO

Meu senhor,
A Rainha com freqüência encomendava-me
Preparo de venenos, sob pretexto
De testar seu saber, exterminando
Seres vis, sem valor: gatos e cães.
Temendo que a algo bem mais perigoso
Ela visasse, fiz-lhe uma poção
Que, ingerida, suspende o élan vital,
Porém, em pouco tempo, faz voltar
Todas as faculdades às funções.
[Dirigindo-se a Imogênia]
Tu bebeste essa droga?

IMOGÊNIA

Com certeza,
Visto que estive morta.

BELÁRIO *[À parte, dirigindo-se a Guidério e Arvirago]*

Meus rapazes,
Foi este o nosso erro.

GUIDÉRIO

É Fidélio!

IMOGÊNIA *[Dirigindo-se a Póstumo]*
Por que atiraste longe tua esposa?
Imagina que estás em plena luta,[33]
E agora ao chão me atira.

[Pendura-se no pescoço dele]

PÓSTUMO

Fica aí,
Uma fruta, até que a árvore pereça.

CIMBELINE *[Dirigindo-se a Imogênia]*
E agora, minha carne, minha filha?
Fazes de mim um bobo nesta peça?
Não vais falar comigo?

IMOGÊNIA *[Ajoelhando-se]*
A vossa bênção.

BELÁRIO *[À parte, dirigindo-se a Guidério e Arvirago]*
Não vos culpo por vos afeiçoardes
A esse jovem; p'ra tanto havia motivo.

CIMBELINE
Que seja minha lágrima água benta!
[Ele a faz levantar-se]
Imogênia, tua mãe já não mais vive.

IMOGÊNIA
Lamento, meu senhor.

CIMBELINE

Nada valia!
A ela devemos este estranho encontro.
Mas seu filho se foi, e não sabemos
Nem como e nem por quê.

---

33) O original registra *lock*, aqui no sentido de um golpe aplicado em luta livre, uma "gravata". Embora favorecendo "*rock*", palavra que, com efeito, consta do Fólio (p. 905) e adotada por vários editores, e.g., Furness (p. 416), Nosworthy (p. 240) e Evans (p. 1.606), por questão de rigor metodológico, sigo Taylor.

PISÂNIO

Caro senhor,
Livre do medo, falo abertamente.
Ao constatar a ausência de minha ama,
Veio a mim lorde Clóten, com espada,
Com a boca espumando, e prometeu-me
Morte imediata, se eu não revelasse
Onde ela se encontrava. Por acaso,
Estava em meu bolso a carta enganosa
De meu amo,[34] que o fez ir procurá-la
Nas montanhas de Milford, para onde,
Desvairado, com roupa do meu amo,
De mim levada à força, ele partiu,
Com idéia indecente, e juramento
De violar a honra da senhora.
O que lhe sucedeu depois, não sei.

GUIDÉRIO
Deixai-me concluir a narrativa.
Lá mesmo o matei.

CIMBELINE

Oh! Livrem-te os deuses!
Não desejo que as tuas nobres ações
Arranquem dos meus lábios vil sentença.
Por favor, bravo jovem, volta atrás.

GUIDÉRIO
Falei conforme agi.

CIMBELINE

Ele era um príncipe.

GUIDÉRIO
E bem grosso. Os insultos dirigidos
A mim não eram nada principescos;
Ele me provocou com palavrório
Que me faria o oceano agredir,

34) Isto é, a carta que pretendia enganar Imogênia.

Se contra mim rugisse assim. Cortei-lhe
A cabeça, e estou bem contente que ele
Não se ache por aqui, para dizer
Isso da minha.

CIMBELINE

Tenho dó de ti.
A tua própria língua te condena;
Sujeito à nossa lei, tu estás morto.

IMOGÊNIA

Pensei que aquele corpo sem cabeça
Fosse do meu senhor.

CIMBELINE *[Dirigindo-se aos soldados]*

Vinde, amarrai
O infrator, e levai-o já daqui.

BELÁRIO

Senhor Rei, um momento. Este rapaz
É mais nobre que o morto; sua linhagem
À vossa se equipara, merecendo
Mais de vós que um exército de Clótens
Com suas cicatrizes. Libertai-lhe
Os braços; não nasceram para escravos.

CIMBELINE

Ora, velho soldado, vais querer
Anular todo o mérito devido,
Testando a nossa ira? Como assim,
Linhagem nossa?

ARVIRAGO

Aí, falou demais.

CIMBELINE *[Dirigindo-se a Belário]*

E pagas com a morte.

BELÁRIO

Morreremos
Os três, se eu não provar que dois de nós
São da melhor linhagem. Caros filhos,
Direi algo que a mim coloca em risco,
Mas que, talvez, a vós traga algum bem.

ARVIRAGO
Teu risco é nosso.

GUIDÉRIO
E nosso bem é teu.

BELÁRIO
Que seja, então. Tivestes, grande Rei,
Um súdito; Belário era chamado.

CIMBELINE
Que tem ele, exilado e traidor?

BELÁRIO
É o velho que vos fala. Sim, banido;
Não sei por que traidor.

CIMBELINE *[Dirigindo-se aos soldados]*
Levai-o preso.
O mundo inteiro não o salvaria.

BELÁRIO
Mais devagar. Primeiro me pagai
Por ter criado vossos dois meninos,
E a paga confiscai logo em seguida.

CIMBELINE
Criado meus meninos?

BELÁRIO
Brusco e ousado;
[Ajoelhando-se]
Eis-me de joelhos. Só vou levantar-me

Após engrandecer os meus dois filhos;
Feito isto, não poupeis o velho pai.
Senhor, estes dois jovens cavalheiros
Que me chamam de pai, e que acreditam
Ser meus dois filhos, nada são de mim.
São rebentos da vossa carne, Rei,
Sangue por vós gerado.

CIMBELINE

Meus rebentos?

BELÁRIO

Tão certo quanto sois de vosso pai.
Eu, este velho Morgan, sou Belário,
Aquele que exilastes. Minha ofensa,
Traição e castigo foram frutos
De caprichos do Rei. Meu crime único
Foi sofrer. Estes dois príncipes nobres —
É isto que eles são — nestes vinte anos
Foram por mim criados. O que sabem
É o que lhes ensinei. Sabeis, Alteza,
O grau do meu saber. Quem os raptou,
Agindo após eu ter sido exilado,
Foi Eurífile, ama que os pajeava,
Com quem pelo seqüestro me casei.
Eu a levei à prática do ato,
Pois mereci castigo por aquilo
Que fiz depois. Punido por lealdade,
Recorri a traição. Quão mais penosa
Para vós fosse a perda deles, mais
Convinha ao meu intento de raptá-los.
Mas, bom senhor, aqui eis vossos filhos;
Perco os parceiros mais gentis do mundo.
Que a bênção dos céus caia em suas cabeças
Como orvalho; são dignos de incrustar
Estrelas no céu.

CIMBELINE

Choras ao falar.[35]
E o serviço que vós três me prestastes
É bem mais singular que teu relato.
Perdi meus filhos. Se estes forem eles,
Não posso desejar um par mais digno.

BELÁRIO *[Levantando-se]*
Ouvi-me ainda. Este cavalheiro,
Que eu chamo Polidoro, nobre príncipe,
É vosso Guidério.
[Guidério ajoelha-se]
Este cavalheiro,
Meu Cadval, vosso príncipe caçula,
Arvirago.
[Arvirago ajoelha-se]
Chegou, senhor, envolto
Em fina manta ornada pelas mãos
Da Rainha-mãe; isto, como prova,
Poderei, facilmente, apresentar.

CIMBELINE
Guidério tinha marca no pescoço,
Estrela cor de sangue, sinal raro.

BELÁRIO
É ele, com a marca de nascença.
Deu-lhe a sábia natura para que hoje
Prestasse testemunho.

CIMBELINE
Quem sou eu?
Mãe, dando luz a três? Não houve mãe
Mais feliz com o parto. Abençoados,
Após desvio estranho em vossas órbitas,

---

35) Isto é, segundo Samuel Johnson, "tuas lágrimas são o testemunho da sinceridade das tuas palavras" (citado por Furness, p. 428).

Voltai a governá-las![36]

[Levantam-se Guidério e Arvirago]

Imogênia,

Perdeste agora um reino.

IMOGÊNIA

Não, senhor,

Ganhei dois mundos. Ó caros irmãos,
Assim nos encontramos? Não digais,
A partir de hoje, que não falo sério:
Era vossa irmã, de irmão me chamastes;
Chamei-vos irmãos, e éreis isso mesmo.

CIMBELINE

Pois, já vos encontrastes?

ARVIRAGO

Sim, senhor.

GUIDÉRIO

E foi afeição à primeira vista,
Continuando assim até julgarmos
Que ele havia morrido.

CORNÉLIO

Ao ingerir

A poção da Rainha.

CIMBELINE

Oh! raro instinto!

Quando terei ouvido a história toda?
Este resumo drástico contém
Implicações das mais interessantes.
Onde e como viveste? Como vieste
A servir o romano prisioneiro?
Como te separaste dos irmãos?

---

36) Nosworthy esclarece a referência à cosmologia de Ptolomeu, ainda vigente à época de Shakespeare. Os príncipes continuam a ser comparados a estrelas, girando em esferas fixas e concêntricas, supostamente, capazes de "governar", determinar, questões humanas (p. 182).

Como os achaste? E por que te foste
Da corte? E para onde? Tudo isto,
E as razões que levaram três à luta,
E não sei mais o quê, perguntarei,
E tudo o que estiver relacionado,
Evento a evento. Esta hora e lugar,
Porém, não são para interrogatório.
Vede, Póstumo ancora em Imogênia,
E ela, como um benigno raio, lança
Olhares a ele, a seus irmãos, a mim,
Seu senhor, alvejando cada objeto
Com uma alegria que em todos reflete.
Deixemos o local e, com ofertas,
Incensemos o templo.
[Dirigindo-se a Belário]
És meu irmão;
E assim te considero para sempre.

IMOGÊNIA *[Dirigndo-se a Belário]*
E sois também meu pai; me socorrestes,
Que eu pudesse ter essa hora feliz.

CIMBELINE
Todos radiantes, menos os cativos.
Que exultem também: vão compartilhar
Nossa felicidade.

IMOGÊNIA *[Dirigndo-se a Lúcio]*
Bom senhor,
Serviço inda vos presto.[37]

LÚCIO
Venturosa!

CIMBELINE
O mísero soldado que lutou
Com tal brio merecia estar aqui,
E receber a graça de um monarca.

37) Isto é, por ter viabilizado a libertação de Lúcio e seus compatriotas.

PÓSTUMO

Senhor, sou o soldado maltrapilho
Que seguiu estes três. Usava o traje
Propício a meu intento. Fala, Giácomo,
Que sou ele; no chão eu te atirei,
E contigo podia ter acabado.

GIÁCOMO *[Ajoelhando-se]*

Volto ao chão, mas agora é a consciência
Que me dobra o joelho, assim como antes
O fez a tua força. Pois, te peço,
A vida, que a ti tanto devo, tira-me;
Mas antes teu anel e o bracelete
Da princesa mais fiel que já existiu.

PÓSTUMO *[Erguendo-o]*

Ante a mim não ajoelhes. O poder
Que tenho sobre ti é de poupar-te,
Meu rancor é perdoar-te. Vive e sê
Mais digno com os outros.

CIMBELINE

Nobre juízo!
Aprendemos nobreza com um genro.
Perdão é a palavra.

ARVIRAGO *[Dirigindo-se a Póstumo]*

Socorreste-nos,
Senhor, como se fosses nosso irmão.
Exulta-nos saber que o és.[38]

PÓSTUMO

Vosso servo,
Príncipes.
[Dirigindo-se a Lúcio]
Vós, meu bom senhor de Roma,
Chamai vosso adivinho. No meu sono,

---

38) Isto é, como cunhado, Póstumo será como um irmão para Guidério e Arvirago.

Sonhei que o Grande Júpiter, montado
Em sua águia, surgia, acompanhado
Dos espectros dos meus antepassados.
Ao acordar achei sobre meu peito
Esta tábua, de texto tão difícil,
Que não posso explicar. Que ele demonstre
Seu saber e o interprete.

LÚCIO

Filarmônio!

ADIVINHO

Aqui estou, senhor.

LÚCIO

Lê e esclarece.

ADIVINHO *[Lê a tábua]*

"Quando um filhote de leão, sem o saber, encontrar, sem procurar, um sopro de ar ameno que o abrace, e quando de um cedro imponente os galhos despencados, mortos há anos, reviverem para serem ao velho tronco reintegrados, voltando a crescer, então, Póstumo verá o fim de seu sofrimento e a Britânia encontrará a felicidade, prosperando na paz e na fartura".
Leonato, sois filhote de leão.
O nome, interpretado, *leo-nato*,
Assim indica.

[Dirigindo-se a Cimbeline]

O sopro de ar ameno,
Vossa virtuosa filha, a quem chamamos
"*Mollis aer*"; para nós, é "*mole ar*",
"*Mulier*",

[Dirigindo-se a Póstumo]

sendo esta esposa tão fiel,
Que há pouco, em cumprimento a este oráculo,
Sem saber, sem buscar, vos envolveu
No mais ameno ar.[39]

---

39) "*Mollis aer*": "ar ameno"; Evans esclarece que a falsa etimologia, relacionando essa expressão com a palavra "*mulier*", remonta não apenas à época de Shakespeare, mas a período anterior (p. 1.608).

CIMBELINE

Faz bem sentido.

ADIVINHO

Quanto ao cedro imponente, Cimbeline,
Sois vós, e vossos galhos despencados
Indicam vossos filhos, que raptados
Por Belário, há anos tidos como mortos,
Reviveram e são reintegrados
Ao cedro majestoso, cuja prole
À Britânia trará paz e fartura.

CIMBELINE

Muito bem, comecemos pela paz.
Caio Lúcio, conquanto vencedor,
A César e ao Império Romano
Submeto-me; prometo pôr em dia
O tributo devido; dissuadiu-me
A Rainha maldosa; o justo céu
Fez pesar sobre ela e os seus mão cruel.

ADIVINHO

Que os dedos dos poderes celestiais
Dedilhem a harmonia dessa paz.
Agora concretiza-se a visão
Que a Lúcio revelei ante o eclodir
Da batalha que ainda não esfriou:
Do sul rumo ao oeste, a águia romana,
Pairando alto, aos poucos diminuía
E nos raios do sol se esvanecia,
Presságio que nossa águia principesca,
Grande César, de novo se uniria
A Cimbeline, que, radiante, brilha
Aqui no oeste.

CIMBELINE

Louvemos nós os deuses!
Que de nossos altares abençoados
Subam, em espirais, nossos incensos,
Até suas narinas. Anunciemos

A todos nossos súditos a paz.
Que as bandeiras de Roma e da Britânia
Tremulem aliadas, lado a lado.
Marchemos, pois, por Lud e confirmemos,
No templo do grão-Júpiter, a paz,
Que seja com festejos celebrada.
Avante! Eis que esta guerra se desfaz,
Com sangue inda nas mãos, e agora a paz.

[Clarinada] Saem [em triunfo]

BIBLIOGRAFIA SELECIONADA

AALTONEN, Sirkku. *Time-Sharing on Stage: Drama Translation in Theatre and Society*. Topics in Translation 17. Clevedon: Multilingual Matters, Ltd., 2000.

ABBOTT. *A Shakespearian Grammar*. Ed. rev. London: MacMillan, 1872.

BASSNETT, Susan. "Translating for the Theatre: the Case Against Performability". *Traduction, Terminologie, Redaction*. Montreal: Concordia University, v. IV 1 (1991): pp. 99-111.

__________. "Ways through the Labyrinth: Strategies and Methods for Translating Theatre Texts". *The Manipulation of Literature*, Theo Hermans (ed.). New York: St.Martin's P, 1985, pp. 87-102.

BENNETT, Susan. *Theatre Audiences: A Theory of Production and Reception*, 2. ed. London/New York: Routledge, 1997.

BLAKE, N.F. *The Language of Shakespeare*. London: MacMillan, 1989.

BLOOM, Harold. *Shakespeare: A Invenção do Humano*, José Roberto O'Shea (trad.). Rio de Janeiro: Objetiva, 2000.

BOSWELL, Laurence. "The Director as Translator". *Stages of Translation*, pp. 145-52.

BOYCE, Charles. *Shakespeare A to Z: The Essential Reference to His Plays, His Poems, His Life and Times, and More*. New York/Oxford: Roundtable Press, 1990.

BROOK, G.L. *The Language of Shakespeare*. London: André Deutsch, 1976.

BUENO, Francisco da Silveira. *Grande Dicionário Etimológico-Prosódico da Língua Portuguesa*. São Paulo: Saraiva, 1964.

BYRNE, M. St. Clare. "The Foundations of Elizabethan Language". *Shakespeare Survey* 17 (1964): pp. 223-39.

CAMPBELL, O.J. e QUINN E.G. (eds). *A Shakespeare Encyclopaedia*. London: Methuen & Co., 1966.

CARLSON, Marvin. *Performance: A Critical Introduction*. London/New York: Routledge, 1996.

CLIFFORD, John. "Translating the Spirit of the Play". *Stages of Translation*, pp. 263-70.

CRONIN, Michael. "Rug-headed kerns speaking tongues: Shakespeare, Translation, and the Irish Language". *Shakespeare and Ireland: History, Politics, Culture*. M.T. Burnett e Ramona Wray (eds.). London: MacMillan, 1997, pp. 193-212.

CUNHA, Antônio Geraldo da. *Dicionário Etimológico Nova Fronteira da Língua Portuguesa*. Rio de Janeiro; Nova Fronteira, 1982.

DAVIS, J. Madison e FRANKFORTER, A. Daniel. *The Shakespeare Name and Place Dictionary*. London/ Chicago: Fitzroy Dearhorn, 1995.

DELABASTITA, Dirk. "Shakespeare in Translation: A Bird's Eye View of Problems and Perspectives". *Accents Now Known: Shakespeare's Drama in Translation*, pp. 15-27.

DELABASTITA, Dirk e D'HULST, Lieven (eds.). *European Shakespeares: Translating Shakespeare in the Romantic Age*. Amsterdam/Philadelphia: John Benjamins Publishing, 1993.

DÉPRATS, Jean-Michel. "The 'Shakespearean Gap' in French". *Shakespeare Survey* 50 (1997): pp. 125-33.

DOBSON, Michael e WELLS, Stanley (eds.). *The Oxford Companion to Shakespeare*. Oxford: Oxford UP, 2001.

Encyclopaedia Britannica: A New Survey of Universal Knowledge. 24 v. Chicago/London: Britannica, 1956.

FERREIRA, Aurélio Buarque de Holanda. *Novo Dicionário da Língua Portuguesa*. 2. ed., rev. e aum. Rio de Janeiro: Nova Fronteira, 1986.

FONTINHA, Rodrigo. *Novo Dicionário Etimológico da Língua Portuguesa*. Porto: Domingos Barreira, s.d.

FORTIER, Mark. *Theatre/Theory: An Introduction.* London/New York: Routledge, 1997.

FOX, Levi. *The Shakespeare Handbook.* London: The Bodley Head, 1988.

GENTZLER, Edwin. *Contemporary Translation Theories.* London/New York: Routledge, 1993.

GOOCH, Steeve. "Fatal Attraction". *Stages of Translation*, pp. 13-21.

HALIO, Jay. *Understanding Shakespeare's Plays in Performance.* Houston: Scrivener, 2000.

HAWTHORN, Jeremy. *A Concise Glossary of Contemporary Literary Theory.* London/New York: Edward Arnold, 1992.

HEINEMANN, Margot. "How Brecht Read Shakespeare". *Political Shakespeare: New Essays in Cultural Materialism.* J. Dollimore e A. Sinfield (eds.). Manchester: Manchester UP, 1985, pp. 202-30.

HOLINSHED, Raphael. *Chronicles of England, Scotland, and Ireland.* 6 v. London: Richard Taylor & Co., 1807.

__________. *Shakespeare's Holinshed: An Edition of Holinshed's Chronicles (1587).* R. Hosley (ed.). New York: G.P. Putman's Sons, 1968.

HOLLAND, Peter. *English Shakespeares: Shakespeare on the English Stage in the 1990s.* Cambridge: Cambridge UP, 1997.

INGARDEN, Roman. *The Literary Work of Art: An Investigation on the Borderlines of Ontology, Logic, and Theory of Literature* (1931). George Grabawicz (trad. e introd.). Evanston: Northwestern UP, 1973.

JOHNSTON, David (ed.). *Stages of Translation: Essays and Interviews on Translating for the Stage.* Bath: Absolute Press, 1996.

JOHNSTON, David. "Theatre Pragmatics". *Stages of Translation*, pp. 57-66.

KASTAN, David Scott (ed.). *A Companion to Shakespeare.* Oxford: Blackwell, 1999.

KENNEDY, Dennis. "Shakespeare Without His Language." *Shakespeare, Theory, and Performance.* James C. Bulman (ed.). London: Routledge, 1996, pp. 133-48.

MACHADO, José Pedro. *Dicionário Etimológico da Língua Portuguesa*, 3. ed. Lisboa: Horizonte, 1977.

MAHOOD, M.M. *Shakespeare's Wordplay.* London: Methuen, 1957.

MULHOLLAND, J. "'Thou' and 'You' in Shakespeare: A Study in the Second Person Pronoun". *English Studies* 48 (1967): pp. 34-43.

OAKLAND, John. *British Civilization: An Introduction.* 3. ed. London/New York: Routledge, 1995.

ONIONS, C.T. *A Shakespeare Glossary.* Robert D. Eagleson (aum. e rev.,1986). Oxford: Clarendon Press, 1992.

O'SHEA, José Roberto. "*Antony and Cleopatra* em Tradução". *Antônio e Cleópatra.* José Roberto O'Shea (trad. e notas). São Paulo: Mandarim, 1998, pp. 21-33.

__________ (ed.). *Accents Now Known: Shakespeare's Drama in Translation. Ilha do Desterro* UFSC. Florianópolis. 36. 1 (1999).

The Oxford English Dictionary. 2. ed. J.A. Simpson e E.S.C. Weiner (prep.). 20 v. Oxford: Clarendon Press, 1989.

PAVIS, Patrice. *Theatre at the Crossroads of Culture* (1992). Loren Kruger (trad.). London/New York: Routledge, 1995.

__________ (ed.). *The Intercultural Performance Reader.* London: Routledge, 1996.

PONTES, Caio F. *et al. Dicionário Enciclopédico Ilustrado FORMAR.* 6 v. 9. ed. São Paulo: Formar, s.d.

PUJANTE, Ángel-Luis. "Traducir al Teatro Isabelino, Especialmente Shakespeare". *Cuadernos de Teatro Clásico.* Madrid: *Compañia Nacional de Teatro Clásico* 4 (1989): pp. 133-57.

RUBINSTEIN, Frankie. *A Dictionary of Shakespeare's Sexual Puns and Their Significance.* 2. ed. London: MacMillan Press, 1989.

RYAN, Kiernan (ed.). *Shakespeare: The Last Plays.* Critical Readers Series. London/New York: Longman, 1999.

SCHMIDT, Alexander. *Shakespeare-Lexicon*, 3. ed. Gregor Sarrazin (rev. e ampl.). 2 v. Berlin: Georg Reimer, 1902.

SCHOENBAUM, S. *William Shakespeare: A Compact Documentary Life* (1978), ed. rev. New York/Oxford: Oxford University Press, 1987.

__________. *William Shakespeare: A Documentary Life.* Oxford: Clarendon Press, 1975.

SCOLNICOV, Hanna e HOLLAND, Peter (eds.). *The Play Out of Context: Transferring Plays from Culture to Culture.* Cambridge: Cambridge UP, 1989.

SHAKESPEARE, William. *Antônio e Cleópatra.* José Roberto O'Shea (trad. e notas). São Paulo: Mandarim, 1997.

__________. *Cimbelino.* Carlos Alberto Nunes (trad.). São Paulo: Ediouro, s.d., pp. 435-98.

__________. "Cimbelino". *William Shakespeare: Obra Completa,* Oscar Mendes (trad.). 3 v. Rio de Janeiro: José Aguilar, 1969. V. 2, pp. 767-851.

__________. *Cymbeline. The Arden Shakespeare* [1955], J.M. Nosworthy (ed.). London/New York: Routledge, 1996.

__________. *Cymbeline. The New Shakespeare* [1960], J.C. Maxwell (ed.). London: Cambridge University Press, 1968.

__________. *Cymbeline. The Oxford Shakespeare,* Roger Warren (ed.). Oxford: Oxford University Press, 1998.

__________. *Cymbeline. The Riverside Shakespeare,* G. Blakemore Evans (ed.). 2. ed. Boston: Houghton Mifflin, 1997, pp. 1565-1611.

__________. *Cymbeline, King of Britain,* G. Taylor (ed). *William Shakespeare: The Complete Works.* Compact Edition. Stanley Wells, Gary Taylor, John Jowett, e William Montgomery (eds.). Oxford: Clarendon Press, 1988, pp. 1131-65.

__________. *The Tragedie of Cymbeline. A New Variorum Edition.* H.H. Furness (ed.). Philadelphia/ London: J.B. Lippincott Co., 1913.

__________. *The Tragedie of Cymbeline. The Norton Facsimile of The First Folio of Shakespeare,* Charlton Hinman (ed.). New York: Norton, 1968, pp. 877-907.

__________. "Cymbeline". *William Shakespeare: A Textual Companion.* Gary Taylor e Stanley Wells (eds.). Oxford: Clarendon Press, 1987, pp. 604-11.

SHEWMAKER, E.F. *Shakespeare's Language: A Glossary of Unfamiliar Words in His Plays and Poems.* New York: Facts On File, 1996.

SIMPSON, P. *Shakespearean Punctuation.* Oxford: Clarendon, 1911.

SPEVACK, Marvin. "A Concordance to CYMBELINE". *A Complete and Systematic Concordance to the Works of Shakespeare,* 9 v. Hildesheim: Georg Olms, 1968, v. 3, pp. 1258-1312.

SUGDEN, Edward H. *A Topographical Dictionary of the Works of Shakespeare and His Fellow Dramatists.* Manchester: Manchester University Press, 1925.

TILLEY, M.P. *A Dictionary of the Proverbs in England in the Sixteenth and Seventeenth Centuries.* Ann Arbor: University of Michigan Press, 1950.

VENUTI, Lawrence. *The Translator's Invisibility.* London/New York: Routledge, 1995.

VIVIS, Anthony. "The Stages of a Translation". *Stages of Translation,* pp. 35-44.

WARREN, Roger. *Shakespeare in Performance: Cymbeline.* Manchester: Manchester University Press, 1989.

WELLS, Stanley. *Shakespeare: A Bibliographical Guide.* New Edition. Oxford/New York: Oxford University Press, 1990.

__________. *Shakespeare: An Illustrated Dictionary,* ed. rev. Oxford: Oxford University Press, 1985.

__________. *Shakespeare: A Life in Drama.* New York/London: Norton, 1995.

__________. *Shakespeare and the Theatre.* Oxford: Oxford UP, 2000.

WESTLAKE, J.H.J. *A Shakespeare Grammar.* Ph.D. Thesis. University of Birmingham, 1970.

WILLIAMS, Gordon. *A Dictionary of Sexual Language and Imagery in Shakespearean and Stuart Literature,* 3 v. London/Atlantic Highlands, NJ: The Athlone Press, 1994.

WRIGHT, George T. *Shakespeare's Metrical Art.* Berkeley: University of California Press, 1988.

ZUBER, Ortrun (ed.). *The Languages of the Theatre: Problems in the Translation and Transposition of Drama.* London: Pergamon P, 1980.

OUTROS TÍTULOS DESTA EDITORA

AIAS
Sófocles

EXILADOS
James Joyce

ORESTÉIA
I - AGAMÊMNON
II - CEÓFORAS
III - EUMÊNIDES
Ésquilo

TEATRO COMPLETO
Qorpo-Santo

Este livro terminou
de ser impresso no dia
12 de novembro de 2002
nas oficinas da
R.R. Donnelley América Latina,
em Tamboré, Barueri, São Paulo.